KB261228

길 위의 시대

길 위의 시대

行走的年代

장원 장편소설 | 허유영 옮김

자음과모음

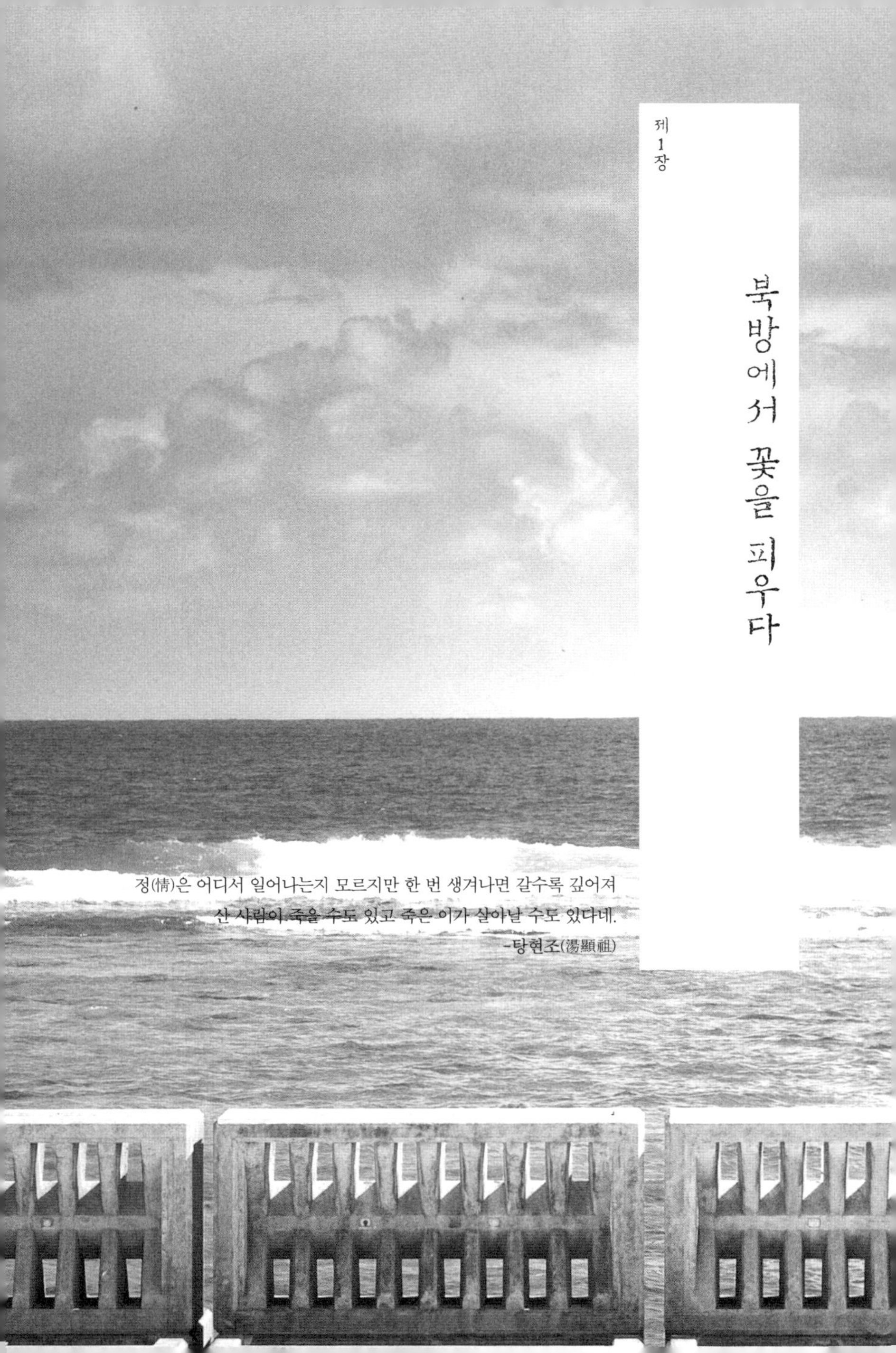

제 1 장

북방에서 꽃을 피우다

정(情)은 어디서 일어나는지 모르지만 한 번 생겨나면 갈수록 깊어져
산 사람이 죽을 수도 있고 죽은 이가 살아날 수도 있다네.
　　　　　　　　　　　　　　　　　-탕현조(湯顯祖)

＊일러두기 : 괄호 안의 주석은 모두 옮긴이 주입니다.

망허〔莽河〕라는 시인이 각지를 떠돌다가 내륙의 한 작은 도시에서 천샹〔陳香〕이라는 아가씨를 만났다. 천샹은 이 도시의 한 대학 중문과에 다니는 여대생이었다. 그녀는 문학을 열렬히 사랑했으며 문학과 관련된 것이라면 뭐든지 다 동경했다. 망허는 유명한 시인은 아니었다. 베이다오〔北島〕나 장허〔江河, 중국 명나라 말기의 유명한 시인이자 극작가〕 같은 거장도 아니고, 나중에 문단에 등장한 하이즈〔海子〕나 시촨〔西川〕처럼 한 시대의 시파를 대표하는 시인(1980년대 중후반에 활동한 중국 현대 시단의 3세대로 불리는 대표 시인들)도 아니었다. 그저 몇몇 시가 조금 알려져 겨우 무명 딱지를 뗀 애송이 시인일 뿐이었다. 하지만 그것으로 충분했다. 그저 시인이라고 이름 붙일 수 있는 이가 찾아왔다는 것만으로도 이 작은 도시에서는 결코 작지 않은 사건이었다. 그 시대에는 여전히 낭만이란 게 존재했으므로.

1980년대는 유랑의 시대였다. 동서남북 할 것 없이 전국 각지에 시인들의 발이 닿지 않는 곳이 없었다. 황토 먼지 자욱한 농촌의 흙길 위에서든, 옴짝달싹도 못하게 사람으로 가득 찬 지저분하고 낡아빠진 시외버스 안에서든, 역마다 정차하는 완행열차의 나른한 객차 안에서든, 젊음과 열정으로 충만한 시인 한 명쯤은 쉽게 마주칠 수 있었다. 온몸에 먼지를 뒤집어쓴 남루하고 고단한 행색이지만 그들의 눈빛만큼은 어린아이처럼 티 없이 맑았다. 뤄르랑〔諾日朗〕이나 더링하〔德令哈〕, 하얼가이〔哈爾盖〕처럼 외지인의 발길이 거의 닿지 않는 외딴 변방의 순결한 도시들이 시인들의 발자국과 시를 따라 하나둘씩 왁자지껄한 인간 세상으로 걸어 들어왔다.

천상은 대학교 4학년이었다. 졸업시험과 취직을 앞두고 있지만, 그녀는 여전히 학보사 활동에 열심히 참여했다. 그 날 학보사 주최로 펀허〔汾河〕 기슭에서 시인과의 좌담회가 열렸다. 시인은 첫눈에 천상의 마음을 흔들어놓았다. 시인은 황토 고원에서 태어났다고 자신을 소개하며, 황토 고원이 자신의 목소리를 내도록 하겠다고 포부를 밝혔다. 영화 〈소피의 선택〉을 보지 못한 천상은 그것이 남의 대사를 슬쩍 베껴온 말이란 걸 알지 못했다.

시인은 격정적인 목소리로 자신의 신작시 「고원」 중 한 단락을 읊어 내려갔다.

난 천지간에 버려진 고아일 것이다.
나의 부모는 황허〔黃河〕일 것이다.
내 어머니 날 낳으실 적 흘린 피가 황톳빛이리라.
그 누런 피가 지금까지 흐르고 흘러 고원에 흐르는 모든 물줄기의 근원이 되었으리라.
(……)

너무도 완벽한 시인의 모습이었다. 천상의 젊은 가슴이 주체할 수 없는 격동에 휩싸였다. 시인의 어깨까지 늘어뜨린 새까맣고 반지르르한 머리칼과 유난히 창백한 얼굴빛에서 암울하면서도 히스테릭한 매력이 풍겼다. 눈썹은 고뇌와 번민의 무게에 짓눌린 듯 항상 찌푸려져 있었다. 그날 두 사람은 하룻밤 정을 나누었다. 시인이 잠시 빌려 지내는 친구의 좁아터진 방에서였다. 두 사람 다 술을 너무 많이 마셨고, 술기운이 시인의 이성을 압도했던 것이다. 천상에게는 그날이 처음이었다. 그녀는 학질에 걸린 환자처럼 바들바들 떨면서도 헌신적인 열정으로 응했다. 남자는 섬세하고 연민 어린 손길로 티 하나 묻지 않은 순백의 어린양을 가슴에 꼭 끌어안으며 속삭였다.

"오, 나의 온정, 나의 영감이여⋯⋯."

눈물이 천상의 두 뺨을 타고 주르르 흘러내렸다.

그는 이틀 후 도시를 떠났고, 그 뒤로는 어디로 갔는지 소식을 들을 수 없었다. 그는 사랑, 따뜻함, 영원히 돌이킬 수 없는 소녀의 순결함과 순수한 마음까지 이 도시에서 가장 찬연하게 빛나는 것들을 빨아들이고는 다시 노정에 올라 뒤도 돌아보지 않고 떠나버렸다. 이 도시는 그의 기나긴 인생 여정 속에서 잠시 스쳐가는 수많은 정거장 가운데 하나일 뿐, 이곳에 특별한 이야기를 남겼다는 사실을 그 자신은 영원히 알지 못할 것이었다.

그가 떠난 후 천상은 홀로 강변을 거니는 일이 많아졌다. 그녀가 강을 좋아하게 된 것도 바로 그때부터였다. 오도카니 강둑에 서서 소리 없이 흐르는 펀허를 바라보았다. 양쪽 기슭 사이 넓은 강에 탁하고 누런 황톳빛 강물만 하염없이 흘렀다. 저 멀리 아스라이 펼쳐진 방풍림의 장중하면서도 단조로운 초록색이 강물과 선명한 대비를 이루었다. 파란 하늘, 흰 구름, 황톳물, 간간이 날아가는 물새……. 그녀의 작은 비밀은 영원히 변치도 않고, 입을 열지도 않는 하늘과 강 사이에 꼭꼭 숨겨졌다. 그녀의 눈에 왈칵 눈물이 차올랐다. 쓰리고도 달콤한 기억, 그녀는 이 모든 것이 영원하리라 믿었다. 영원불변할 것 같은 강변의 풍경이 가장 아프고 허망한 청춘의 기억이 될 줄을 그땐 미처 몰랐다.

두 달 남짓 시간이 흘러 천상은 졸업을 했고, 학교에 남아 강의와 연구에 참여하기로 진로를 정했다. 그러고는 번개처럼 서둘러 결혼식을 올렸다. 상대는 그녀와 함께 졸업하고 학교에 남은 같은 과 선배였다. 나이는 그녀보다 여덟 살 많고, 한 번 결혼했다가 몇 년 전 이혼한 경력이 있었다. 결혼하고 일곱 달 만에 아들이 태어났다. 아주 건강하고 토실토실한 아기였다. 울음소리도 우렁차고 힘이 넘치는 것이 여느 '조산아'들에게 보이는 가녀리고 야리야리한 모습은 찾을 수 없었다. 누가 봐도 달을 채우지 못하고 태어난 칠삭둥이란 걸 곧이곧대로 믿긴 힘들었다. 병실에 찾아온 지인들은 천상의 품에 안긴 아기를 미심쩍은 눈초리로 쳐다보긴 했지만, 겉으로는 "어머나, 복덩이로구나. 아주 튼튼하게 생겼어!"라며 입에 발린 소리로 산모의 비위를 맞추었다.

"팔삭둥이는 못 살아도 칠삭둥이는 산다더니 옛말이 그른 게 하나도 없다니까!"라며 설레발을 치는 사람도 있었다.

천샹은 남들 시선에 아랑곳하지 않고 뿌듯하고 태연한 미소를 지으며 아들의 작은 볼과 앙증맞은 코와 눈에 뽀뽀를 하고, 보드라운 열 개의 손가락에 하나하나 입을 맞췄다. 이 얼마나 신비로운 일인가. 그녀는 감격에 겨워 이제 다시는 헤어지지 않겠다고 속으로 다짐했다. 이젠 망허가 세상 어느 구석에 있든, 다시는 자신에게서 떠날 수 없는 거라고 생각했다. 엄마의 입맞춤이 성가셨는지 아기가 갑자기 미간을 찌푸리며 조막만 한 머리를 흔들어댔다. 아기의 표정 속에 눈에 익은 얼굴이 겹쳐 보였다. 천샹은 순간 멍한 표정을 짓더니 이내 미친 듯이 웃어젖혔다. 깔깔 웃어대는 그녀의 눈에서 눈물이 비처럼 내렸다.

남편이 다가와 그녀를 꼭 끌어안으며 중얼거렸다.

"불쌍한 천샹……."

처음에는 다들 망허의 행운을 부러워했다. 권위 있는 학술 기관으로 배치받았다는 사실에 망허 자신도 몹시 기뻤다.

대단한 권위의 학술 기관이었지만, 건물은 그 명성이 무색할 만큼 낡고 초라했다. 외관이 웅장하지도 않고, 내부 장식이 세련되지도 않았으며 딱히 이렇다 할 특징도 찾을 수 없었다. 암회색 벽돌이 민둥민둥 드러난 비루하고 누추한 삼층짜리 작은 건물이었다. 다만 건물과 부조화를 이루는 창문이 하나 있다는 것이 유일한 위안이라면 위안이었다. 정교한 문양이 조각된 아치형의 길고 좁다란 창문이었다.

건물과 창문의 심각한 부조화를 본다면 마치 과거가 복잡한 여인처럼 누구라도 그 내력에 궁금증이 생길 것이다. 좁고 긴 복도는 하루 종일 어두침침하고 변소 냄새가 공기 중에 눅진하게 배어 있었다. 일 년 내내 그런 복도를 걸어 다녀야 한다는 건 쉰 냄새가 풀풀 풍기는 축축한 걸레 속에서 사는 것처럼 음습하고 더러운 일이었다.

그 아치형 창문은 비정상적으로 보일 정도로 너무 좁고 길어서 실내 채광의 기능을 제대로 수행하지 못했다. 겨울이면 오후 네시만 되어도 전등을 켜야 했다. 하지만 망허가 이 건물에서 유일하게 좋아하는 것이 바로 이 창문이었다. 그는 애틋하고 다정한 눈길로 창문을 바라보며 어떤 사연을 품고 이런 곳까지 오게 된 걸까 홀로 공상에 잠기곤 했다. 쓰레기 더미 속에서 피어난 한 떨기 백합이라고나 할까? 예상했던 것보다 백배는 무료한, 어제가 오늘 같고 오늘이 내일 같은 뻔한 일상도 혼자 상상의 나래를 펼칠 수 있기에 그나마 견딜 수 있었다.

특별한 일도, 놀랄 만한 일도 일어나지 않았다. 그가 경험한 건 그 시절 학교를 갓 졸업하고 '사회'에 첫발을 내디딘 젊은이라면 으레 한 번쯤 겪는 일이었다. 혹자는 그걸 '조직에 융화되는 과정'이라고 표현했다. 출근 첫날 남들보다 훨씬 일찍 출근한 그는 비좁고 뒤죽박죽인 사무실의 한쪽 귀퉁이에 배치된 자신의 책상을 용케도 찾아내 앉았다. 하지만 보일러실에 가서 보온병에 더운물을 받아 와야 한다는 사실은 미처 알지 못했다. 그날 그 일을 한 사람은 근래 몇 년 동안 사무실의 자질구레한 일에는 손 한 번 까딱한 적 없는 과장이었다. 과장은 온수가 가득 담긴 보온병을 들고 망허의 책상 앞에 서서 물었다.

"물 마시겠나?"

망허는 천진난만한 표정으로 찻잔을 과장에게 건네며 말했다.

"고맙습니다."

그 순간 사무실 안의 모든 사람이 노련한 고양이가 생쥐 한 마리를 손바닥에 올려놓고 쥐락펴락 희롱하는 광경을 흥미진진하게 방관하고 있었다.

그 사건으로 망허는 첫날부터 모두에게 자신의 첫번째 약점을 들키고 말았다. 눈치가 없는 데다 오만하다는 것을.

여덟 시간이나 되는 길고 지루한 근무 시간 동안 사람들은 신문을 뒤적이고 차를 마시며 노닥거리거나, 기회를 엿봐서 몰래 빠져나가 근처 시장에서 장을 보고 미어질 듯 불룩한 장바구니를 들고 들어오곤 했다. 사무실 생활은 영원히 똑같은 궤도를 따라 운행하는 전차처럼 똑같은 일상의 반복이었다. 망허는 이런 평범하고 단조로운 생활이 지긋지긋했다. 그는 시간이 날 때마다 혼자 자료실에 틀어박혀 책을 읽고 시를 끼적이곤 했다. 자료실은 햇빛이 단 한 점도 새어 들어오지 않는, 지하층에서도 가장 어두운 방이었다. 서가가 천장까지 빽빽이 들어차 있고 전등은 어두침침했으며 케케묵은 책 더미에서 풍기는 곰팡이 냄새가 공기 중에서 떠돌았다. 그럴 때면 망허는 종이 위에 쓴 글씨들이 모두 빈혈에 걸린 듯 창백하게 느껴졌다. 글씨 하나하나가 마치 그가 싫어하는 궁상스런 곰팡이로 변해버린 듯했다. 말할 수 없이 암담하고 절망적이었다. 바로 그때 주임이 그를 불러다 의미심장한 한마디를 건넸다.

"어이, 젊은 친구, 여긴 작가협회가 아니야. 시를 쓰는 건 우리 본업이 아니란 걸 명심하게."

주임은 존경받는 학자이자 학자로서의 명예를 목숨처럼 여기는 사람이기에 그의 말은 의심할 여지 없이 언제나 옳았다. 나중에 이 학자는 어떤 장소에서 누굴 만나든 이 유명한 이야기를 들려주곤 했다. 장자(莊子)를 연구한 류(劉) 아무개라는 교수가 중일전쟁 때 일본 전투기의 폭격을 피해 방공호를 향해 달려가는 선충원(沈從文, 중국의 유명한 현대소설가)에게 이렇게 물었다는 것이다.

"당신은 무엇 때문에 그리도 빨리 달리는 것이오? 난 장자를 위해 달리고 있소만 당신은 누굴 위해 달리고 있소?"

주임은 노파심이 발동해 이 문학청년을 바른 길로 인도해야 한다는 사명감을 느낀 듯싶었다. 망허는 주임실에서 걸어 나와 자신의 책상으로 돌아갔다. 좁고 긴 아치 창문의 우아한 자태를 물끄러미 바라보던 망허는 문득 가슴속에서 울리는 목소리를 들었다. 신비한 주문과도 같은 소리가 밀물처럼 한 번, 또 한 번 그의 가슴에 와서 부딪쳤다. 그의 몸 전체가 커다란 종으로 변한 듯 웅웅거리는 진동과 공명이 느껴졌다.

'떠나자. 떠나자. 떠나자……'

와락 눈물이 북받쳤다. 운명이 자신에게 말하고 있는 것이라 생각했다.

명절을 하루 앞둔 날이었다. 건물 앞마당에서는 명절 선물로 포도와 갈치를 나누어주고 있었다. 모두들 한껏 들떠서 왁자하게 떠들었다. 저마다 양손에 갈치와 포도를 들고 사무실로 들어오며 누구의 갈치가 살이 더 실하다는 둥, 누구의 포도가 더 씨알이 굵다는 둥 옥신각신 수다를 떨었다. 그때 갑자기 아래층에서 누군가의 고함 소리가 들렸다.

"내 건 왜 이리 형편없는 거야? 이까짓 건 고양이도 안 물어갈걸!"

카랑카랑하게 갈라진 여자 목소리가 복도를 쩌렁쩌렁 울렸다. 순간 망허는 정신이 퍼뜩 들었다.

'이런 곳에서 평생 썩을 순 없어.'

하지만 '박차고 나가는 것'도 쉽지는 않았다. 결심은 확고하게 섰지만 고통스럽기는 마찬가지였다. 아무에게도 결심을 털어놓을 수 없었다. 가족들에게는 더더욱 그랬다. 그런 기색을 조금만 보여도 가족들은 미쳤다는 둥, 불행을 자초한다는 둥 욕을 해댈 것이 뻔했다. 이렇게 좋은 직장을 박차고 나간다면 도대체 어떤 직장에서 일할 수 있겠는가? 그렇게 하루하루 미루어졌다. 지독하게 고민하고, 수만 번도 더 망설였다. 햄릿이 심문당할 때도 이만큼 괴로웠을까. 시간이 그렇게 흘러 몇 년의 세월이 덧없이 지나갔다. 어느 날 망허는 출근하자마자 그들의 낡은 건물이 보수될 예정이라는 소식을 들었다. 아치형 창문은 뜯어내고 창을 넓혀 최신식 PVC 창틀로 바꿀 것이라고 했다. 순간 정신이 멍해졌다. 하지만 이내 얼굴에 미소가 떠올랐다.

그날 그로 인해 사무실이 발칵 뒤집혔다. 마침내 사직서를 제출한 것이다.

어느 평온한 저녁 그는 홀로 텅 빈 사무실에 나와 개인 물건을 챙겼다. 형광등에서 미세하게 웅웅 소리가 났다. 들릴 듯 말 듯 아주 작은 소리였다. 그 소리에 왜 정오 무렵 뙤약볕 내리쬐는 텅 빈 길이 떠올랐는지는 망허 자신도 이해할 수 없었다. 책상 네 개가 다닥다닥 붙어 있는 옹색하고 어수선한 사무실을 말없이 둘러보았다. 왠지 가슴이 푸근해졌다. 순간 그는 생각했다. 융화될 가능성이 전혀 없었던 건 아닐 거라고. 범속한 생활, 자질구레한 일상과 타협할 조금의 여지도 없었던 것은 아닐 거라고. 아마 이곳에도 그가 모르는 비루하지만 그래도 소중한 비밀들이 숨어 있을 거라고……. 그는 곧 사라지게 될 아치 창문을 손으로 쓰다듬었다. 희뿌연 안개에 휘감긴 둥근 달이 창밖에 걸려 있었다.

"잘 있거라, 친구여!"

그는 가만히 속삭였다. 그건 아치 창문을 향한 작별 인사일 수도 있고, 이곳에 있는 모든 것을 향한 작별 인사일 수도 있었다.

떠나자. 떠나자. 천국으로 가자.

이 땅 위 어딘가에 이런 찬송가를 부르는 교회가 분명히 있을 것이다.

3. 산베이, 이 대담한 여인이여

이제 산베이(陝北)가 등장할 차례다. 그곳은 망허의 이야기가 시작된 곳이었다.

사실 산베이는 그의 행선지가 아니었다. 아니, 솔직히 말하면 하필이면 왜 이 산베이의 작은 도시 '미즈(米脂)'를 여행의 첫 기착지로 삼았는지 그 자신조차 설명할 길이 없었다. 원래는 서부 초원이나 텐산(天山)처럼 더 먼 곳으로 가려고 했었다. 그런데 뉘엿뉘엿 저무는 저녁 해를 배경으로 그가 홀로 서 있는 곳은 산베이 미즈의 한적한 거리 위였다. 미즈는 무척 광활하고 고요한 도시였다. 황혼 무렵의 을씨년스러움과 소도시의 적막감이 한꺼번에 그의 몸속으로 파고들었다.

 '여자는 미즈, 남자는 쑤이더〔綏德〕'라는 민간에 유행하는 말이 떠오르고, 그다지 알려지지 않은 시의 한 구절도 생각났다.

 "산베이, 이 대담한 여인이여, 혼인도 하지 않고 미즈를 낳았구나……."

 황허 건너편에 사는 뤼신〔呂新〕이라는 이가 쓴 시였다. 망허는 살풋한 미소를 지었다. 미즈가 이토록 다정한 곳이었구나.

 널찍한 길을 따라 걸으며 태양이 바싹 메마른 고원 뒤로 조금씩 가라앉는 것을 지켜보았다. 태양이 완전히 자취를 감추는 순간, 자그마한 여관이 그의 눈에 들어왔다. 절벽에 토굴을 파서 지은 집이었다. 푸른 벽돌을 쌓아 만든 입구로 들어가니 내부는 생각보다 깊고 길었다. 구들은 없고 침상용 널판 네 장이 앞뒤로 나란히 괴어져 있었다. 방값도 저렴하고 이불도 깨끗했다. 그가 가장 구석진 침상을 골라 배낭을 내려놓자 주인이 웃으며 말했다.

 "아주 잘 고르셨구라. 집에선 어머니에게 기대고 집 나가선 벽에 기대란 말도 있지요."

 그러고는 또 한마디 덧붙였다.

“아무도 없을 땐 마음대로 골라서 자도 상관없어요.”

망허도 웃으며 말을 받았다.

“그러게요. 이 침상 저 침상 옮겨 다니며 자도 괜찮겠군요.”

주인이 실눈을 뜨고 미소를 지어 보이며 물었다.

“근데 혼자뿐이우? 적적하지 않겠수?”

그는 잠시 머뭇거리다가 그제야 말속에 숨은 뜻을 알아차렸다.

“큰일 날 소리 하지도 마십쇼. 떠나올 때 아내가 길가에 핀 들꽃을 꺾지 말라고 귀에 못이 박히게 잔소리를 했답니다.”

사실 그건 아내가 아니라 덩리쥔〔鄧麗君, 중국의 유명한 여가수〕이 한 말이라고 그는 속으로 생각했다.

여관에서 식사는 제공되지 않았기에 간단히 세수만 하고 저녁 먹을 곳을 찾아 밖으로 나왔다. 날이 저물어 거리에는 인적이 드물었지만, 공기 중에 실려오는 구수한 밥 내음으로 이 호젓한 마을에도 사람이 살고 있음을 짐작할 수 있었다. 한갓진 거리를 잠시 걷다가 눈에 보이는 작은 식당으로 무작정 들어섰다. 문을 열자마자 낯선 술 냄새가 그를 확 덮쳤다. 테이블 서너 개가 놓여 있고 손님 한 명만 술을 마시고 있었다. 그제야 미즈의 쌀술이 향기롭다는 걸 들은 기억이 났다.

창가 자리에 앉았다. 짙은 쌀술 향기와 어둑어둑한 작은 식당이 왜 그로 하여금 수호지(水滸志)의 호한들이 호방하게 술잔을 돌리던 주막을 떠올리게 하는지 알 수 없었다. 그는 하마터면 '여기 술 한 잔 데워주시오!'라고 목청 높여 외칠 뻔했다.

여주인 혼자 운영하는 식당인 듯했다. 자리에 앉자마자 주인 여자가 생글생글 웃으며 잰걸음으로 다가왔다.

"뭘 드시겠어요?"

아담한 키에 살집이 통통한 중년 여자였다. 출중한 미모는 아니지만, 눈매가 깔끔하고 살결이 희어 편안하고 호감이 가는 인상이었다.

망허는 속으로 몰래 웃으며 생각했다.

'여자는 미즈, 남자는 쑤이더라더니.'

그는 주인 여자에게 되물었다.

"여긴 뭐가 있습니까?"

주인 여자가 뒤에 있는 벽을 가리켰다.

벽에 걸린 작은 흑판에 메뉴가 빼곡하게 적혀 있었다.

"우리 집 나귀 곱창은 미즈에서도 유명하지요. 나귀 곱창에 오향을 넣고 푹 삶아내는데 우리 집안에만 내려오는 비법이 있답니다."

미즈의 나귀 곱창이 유명하다는 걸 들었던 기억이 났다. 그에게 이 말을 해준 사람은 "하늘 위에 용 고기가 있다면 땅 위엔 나귀 고기가 있다"는 말도 했었다. 나귀 고기는 북방 사람들이 즐겨 먹는 음식이라는 것을 그도 알고 있었다. 이 집의 나귀 곱창이 미즈에서도 유명하다면 식당을 잘 찾아 들어온 모양이었다. 게다가 여주인의 푸근하고 깨끗한 얼굴을 보니 그녀의 말을 믿고 싶어졌다.

"나귀 곱창 한 접시에 쌀술 반 근 데워주십시오."

곧 음식이 나왔다. 정말로 직접 빚은 쌀술이었다. 잘 익은 술이 시큼하게 톡 쏘는 향내를 풍기며 투박한 대접에 담겨져 나왔다. 그는 술 대접을 들어 한 모금 벌컥 들이마시다가 사레가 들렸는지 갑자기 밭은기침을 토해냈다. 나귀 곱창도 야들야들하고 씹을수록 깊은 맛이 우러났다. 이 정도면 예상보다 훨씬 흡족한 저녁이었다.

출출했던 탓에 허겁지겁 먹고 있는데 어디선가 낯선 목소리가 들렸다.

"외지에서 오셨나 봐요. 쌀술이 이래 봬도 뒤끝이 제법 있답니다."

고개를 들어보니 테이블 앞에 누군가 서 있었다. 젊은 여자였다. 데님 재킷에 포니테일로 묶은 머리, 얄포름한 붉은 입술, 어슴푸레한 등불 아래 선 여인의 모습이 밤에 피어나 은은한 향내를 내뿜는 한 송이 꽃을 연상케 했다. 그는 여자를 보며 미소 지었다. 이 허름한 식당으로 들어온 것도 다 인연이었던 것이다.

"그쪽도 여행 중이신가요? 방금 전까지 혼자 저쪽 테이블에 앉아 계셨죠? 제가 저녁을 대접해도 되겠습니까?"

망허는 술기운을 빌려 용감하게 제안했다.

여자가 뭔가 대답하려는데 그가 잽싸게 말을 잘랐다.

"저녁식사를 벌써 끝냈다고 말하진 마세요. 쌀술 한잔 같이해도 좋으니까요. 설마 그것도 거절하진 않겠죠? 보아하니 우리 둘 다 객지 사람인 것 같은데."

여자가 웃었다. 참으로 고요한 미소였다. 소위 배웠다는 여자들에게서는 보기 힘든 천연 그대로의 고요함이었다. 여자가 의자를 빼서 앉으며 말했다.

"좋아요. 하지만 전 주량이 세지 않아요. 아주머니, 여기 술잔 하나 더 주세요."

여자의 술잔에 술이 찰랑찰랑 담겼다. 여자는 술잔을 들고 그에게 말했다.

"참고로 전 객지 사람이 아니에요. 미즈가 제 고향이랍니다."

망허는 위아래로 여자를 훑어보더니 고개를 끄덕였다.

"아, 뿌리를 찾아오신 거로군요."

여자는 또 고요한 미소를 지었다.

"그런 셈이죠."

"중문과 대학생이십니까?"

"아뇨, 사회학과예요. 황허 건너에 있는 난볜 사대〔南邊師大〕에 다니죠. 선생님의 강의를 들은 적이 있어요. 망허 교수님."

"내 강의를? 날 안다는 겁니까?"

하마터면 또 한 번 술 사레가 들릴 뻔했다. 그의 두 눈이 휘둥그레졌다.

그녀는 곧장 대답하지 않고 촉촉하면서도 장난기 어린 미소를 짓더니 대뜸 읊어댔다.

"난 천지간에 버려진 고아일 것이다. 나의 부모는 황허일 것이다. 내 어머니 날 낳으실 적 흘린 피가 황톳빛이리라. 그 누런 피가 지금까지 흐르고 흘러 고원에 흐르는 모든 물줄기의 근원이 되었으리라……"

그러고는 뭔가를 그의 앞으로 불쑥 내밀었다.

"제게 선생님 명함도 있어요, 망허 교수님."

"오—"

망허는 얼굴에 만족스런 미소를 떠올리면서도 짐짓 겸연쩍은 듯 말했다.

"행여 '천하에 그 누가 그댈 몰라보겠느냐〔당나라 시인 고적(高適)의 시 「별동대(別董大)」에 나오는 '천하수인불식군(天下誰人不識君)'에서 따온 말〕'고 말할 거라면 미리 사양하겠습니다."

여자도 미소로 응대했다.

"그건 이백(李白)이지 선생님이 아니죠."

망허가 너털웃음을 터뜨렸다.

"하하, 그렇군. 그렇군!"

그건 천 년 전의 이백이지 그가 아니었다. 하지만 그걸로 이미 충분했다. 황허를 건너 뿌리를 찾아왔다는 미즈 아가씨가 황토 고원의 흙먼지를 뒤집어쓴 이 작은 도시에서 실의에 빠져 유랑하고 있는 시인을 알아봤다는 것만으로도 충분했다. 그의 시는 두 사람이 서로를 확인한 암호 같은 것이었다. 이런 기적은 이렇게 낭만적이고 순수한 시대에나 가능한 것이었다.

그는 웃음을 거두고 정중하게 몸을 일으켜 여자를 향해 오른손을 내밀었다.

"제 소개를 하죠. 이름은 망허, 시를 쓰는 백수랍니다. 이
게 나의 현재 신분이죠."
여자도 그의 손을 잡으며 말했다.
"전 예러우〔葉柔〕라고 해요."
세상이 갑자기 끝을 알 수 없는 고요 속으로 가라앉았다.

예러우는 미즈 현에서 공적으로 출장 온 사람들을 위해
제공하는 초대소에서 묵고 있었다.
예러우는 대학생이 아니라 대학원생이었다. '역사 속의
저우시커우〔走西口〕'라는 주제로 석사 논문을 쓰기 위해 지
방을 돌며 현지답사를 하고 있었다. '저우시커우'란 산시〔山
西〕 지역에서 일어난 대규모 인구 이동을 일컫는 말이다. 명
나라 때부터 근대까지 사백여 년간 수많은 사람들이 고향
을 버리고 중원과 몽골 초원으로 이주했는데, 그녀는 이주
민들의 발자취를 직접 더듬어보고 싶었다. 산베이에 들른
것은 본격적인 답사를 떠나기 전 지금껏 한 번도 가보지 못
한 고향 땅을 밟아보기 위함이었다. 물론 이 '문학소녀'가
바야흐로 전성기를 맞이한 '뿌리찾기문학'의 매력에 심취
한 것이 가장 중요한 계기였다. 과거에는 인저우〔銀州〕라고
불렸던 미즈, 한 번도 가본 적 없는 고향 땅이 갑자기 그녀

에게 심미적 차원의 의미로 다가왔던 것이다.

망허는 예러우를 숙소까지 바래다주었다. 미즈 현 전체가 고이 잠들어 있었다. 가로등의 누르칙칙한 빛은 산골짜기로 겹겹이 둘러싸인 도시의 암흑 속으로 쉽게 삼켜졌다. 밤하늘에는 여인의 눈썹처럼 가느다란 초승달이 비스듬히 매달려 있고, 뭇별들이 당장이라도 우수수 쏟아져 내릴 듯했다. 배웅 길은 이백 미터도 안 되는 짧은 거리였다.

예러우가 말했다.

"바래다주서서 고마워요. 술도 잘 마셨고요."

"천만에요."

그녀의 그림자가 깜깜한 뜰 안으로 사라지자 망허의 어깨가 축 늘어졌다.

그날 밤 그는 좀처럼 잠을 이룰 수 없었다.

무언가에 홀린 듯 영문도 모른 채 산베이로 온 것이 모두 그녀를 만나기 위한 것이었음을 그는 이제야 깨달았다.

이튿날 일찍 예러우가 찾아와 자신이 묵고 있는 초대소에서 함께 아침식사를 하자고 제안했다. 이미 그의 식권까지 사놓았다고 했다. 예러우는 이슬을 머금은 한 떨기 선인초처럼 싱그러운 자태로 여관 앞마당에 서 있었다.

예러우가 말했다.

"선생님께 좁쌀죽을 대접하고 싶어요. 미즈의 좁쌀은 예로부터 유명하답니다."

망허가 흔쾌히 대답했다.

"좋소."

그날 아침밥은 망허의 일생에서 결코 잊을 수 없을 맛이었다. 좁쌀떡과 좁쌀죽, 참기름에 무친 장아찌를 곁들인 소박한 아침상이었다. 곡식 그대로의 질박한 맛과 흙 속에서 영글어 익은 순수하고도 진한 향내, 여기에 태양의 온후함이 더해져 한 입 한 입 삼킬 때마다 농부가 느끼는 대지의 푸근함이 그대로 전해졌다. 죽의 표면에 두꺼운 기름 층이 떠 있었는데, '미즈〔米脂〕'라는 지명이 바로 여기서 유래된 것이라고 했다. 세상에 이보다 더 낭만적인 곳이 있을까. 미즈라는 이름에서 정이 담뿍 느껴졌다.

식사를 마친 후 예러우가 말했다.

"저와 함께 어디 좀 가시겠어요?"

망허에게는 마다할 이유가 전혀 없었다. 아니, 너무나도 원했다. 그는 활짝 미소를 지으면서도 입으로는 이렇게 말했다.

"세상에 공짜 점심은 없다고 했죠."

인저우진〔銀州鎭〕을 나와 우딩허〔無定河〕를 따라 남쪽으로 향했다. 인저우진과 스리푸〔十里鋪〕의 중간쯤에 '예자거라오〔葉家圪嶗〕'라는 마을이 있었다. 가구 수가 몇십 호에 지나지 않는 호젓한 마을인데 민가는 모두 토굴식 가옥이고, 마을 바깥쪽에는 계단식 논이 층층이 이어져 있었다. 봄 농사가 한창인 계절이라 햇빛이 논에 비추어 찬연히 부서지고, 마을은 고즈넉할 만큼 평화로웠다.

예전에는 마을 서쪽 끝 절벽에 몇 가구가 옹기종기 모여 살고 있었다. 한 가구에 토굴 하나씩 토굴 세 개가 있는데, 입구는 하나지만 안으로 들어가면 좌우 양쪽으로 곁방이 하나씩 딸려 있는 구조였다. 이곳이 바로 예러우의 아버지가 태어난 토굴집이었다. 예러우의 아버지는 열몇 살에 집을 떠나 팔로군에 참가했다가 십여 년 후에 도시에 자리를 잡은 후 예러우의 할머니를 모셔 갔고, 그 후론 한 번도 고향에 내려오지 않았다. 할머니가 떠난 후에는 친척 한 분이 홀로 토굴에 기거했지만, 그 친척이 죽은 후로 이곳은 텅 빈 채 버려졌다. 잡초가 무릎을 덮을 만큼 무성하게 자라 사람 대신 뱀과 들쥐가 주인이 된 지 오래였다. 토굴 자리는 그대로 남아 있지만 문도 창도 흔적 없이 사라지고, 갈라진 벽 사이로 작년에 자라났다가 말라 죽은 풀들이 매달려 너울대고 있었다. 토굴의 위쪽 절벽 끝에 아슬아슬하게 서 있는 대추나무는 양력 사월의 훈풍을 맞고 막 깨어나 가지마다 쌀알만 한 새순이 비집고 나와 있었다. '뿌리 찾기'에 나선 두 젊은이가 팔 리 길을 걸어 예자거라오에 도착했을 때 그들 눈앞에 펼쳐진 풍경이 바로 이러했다.

아침 햇살이 흙벽을 말갛게 씻어 내렸다.

산베이의 하늘은 눈이 시리도록 높고 푸르렀다. 지금껏 한 번도 본 적 없는 순수 그 자체의 하늘이었다. 한량없이 선하고 너그럽고 고요하고 존엄한 저 하늘은 가장 비루하고 지난한 생존에 대한 보상일 터였다. 망허는 푸른 하늘 아래 금방이라도 무너져 내릴 듯 절벽에 매달린 토굴을 보며 속으로 생각했다.

예러우는 입술을 꼭 다문 채 한참 동안 침묵했다.

눈물방울이 그녀의 새까만 속눈썹 사이에서 반짝였다. 그녀는 고개를 들어 한없이 맑은 하늘을 쳐다보다가 허공에 대고 있는 힘껏 외쳤다.

"할머니―, 할머니가 말하던 그 고향집에 왔어요……."

쏴아아아아 고원에서 한 줄기 바람이 불어오자 뜰을 가득 메운 잡초들이 서로 몸을 부대끼며 서걱거렸다.

그들을 안내한 건 먼 친척뻘 되는 청쉬〔成鎖〕 오빠였다. 사실 말이 오빠지 나이가 오십 줄에 들어선 초로의 중년이었다. 그는 아직도 예러우의 할머니를 기억하며 '여섯째 할머니'라고 불렀다.

"여섯째 할머니의 무덤은 어디에 있느냐?"

청쉬 오빠가 예러우에게 물었다.

예러우가 고개를 저었다.

"유골이 아직도 장례식장의 납골당에 모셔져 있어요. 할머니께서 눈을 감는 순간까지도 내 집으로 여기지 않았던 객지에 그대로 계세요. 아직 매장도 못 했어요."

청쉬 오빠가 탄식했다.

"어서 편히 모셔드려야 할 텐데."

두 사람은 청쉬 오빠를 따라 토굴을 나와 마을로 향했다. 십여 미터쯤 걸음을 옮겼을까, 등 뒤에서 쿠르릉쿵쾅 귀를 찢는 굉음이 들렸다. 깜짝 놀라 뒤를 돌아보니 놀란 새들이 기를 쓰고 날아오르고 뿌연 먼지가 하늘로 치솟고 있었다. 바로 몇 분 전 그들이 들어갔던 토굴이 갑자기 무너져 내린 것이었다. 예러우는 순식간에 무너져버린 고향집을 망연자실하게 바라보았다. 토굴은 세월의 무게를 간신히 지탱하며 그녀가 오길 기다리고 있었던 것이다. 모진 풍상에 깎이고 파이면서도 가족에게 마지막 작별 인사를 하기 위해 용케도 버텨왔던 것이다.

예러우의 얼굴은 이미 눈물범벅이었다. 그녀에게 고향은 뼈는 부러졌어도 살거죽은 붙어 있는 질긴 핏줄과도 같은 것이었다. 그녀는 넋이 나가 그 자리에 풀썩 주저앉고 말았다.

그날은 예자거라오에서 묵기로 했다.

해가 완전히 저물 때까지 망허와 예러우는 절벽 위에 앉아 그녀의 고향 마을을 내려다보았다. 황톳빛 선명한 고원, 비스듬히 기대어 선 황토 절벽, 시리도록 새파란 하늘, 오로지 이 두 가지 태초의 색깔만 허용한 고결한 대지였다. 두 사람은 말없이 앉아 대자연이 내는 소리에 귀를 기울였다. 바람 소리, 풀벌레 소리, 새들의 우짖음, 잎사귀들이 속닥거리는 소리, 소들의 나른한 울음소리, 마을 개들이 주거니 받거니 짖어대는 소리, 이 모든 것이 망허의 마음을 고요하게 가라앉혔다.

예러우의 목소리도 조용했다.

"고향이 어디세요, 망허 선생님?"

"그냥 편하게 이름을 불러요. 선생님이라고 불리는 게 영 어색하거든."

"고향이 어디세요, 망허 씨?"

"내가 나고 자란 도시가 바로 내 고향이에요. 내 아버지와 할아버지까지 삼대가 그곳에서 태어났으니까. 증조부와 조부는 상인이었죠. 내 아버지 대에 와서 중화인민공화국이 수립되면서 모두 국영으로 흡수되는 바람에 아버지도 상업국(商業局) 소속 회사의 일개 직원이 되었지만."

망허가 자조적인 미소를 지으며 말을 이었다.

"가끔은 내가 시인이 되겠다는 게 난센스란 생각도 들어요. 내 몸속엔 온통 상인의 피만 흐르고 있는걸."

"이미 시인이시잖아요."

"하지만 내게 정말로 시인의 영혼이란 게 있는지 의심스럽기도 해요. 시 몇 줄 끼적일 줄 안다고 다 시인은 아니니까."

그는 황톳빛 고원과 고즈넉한 촌락을 바라보며 고해성사하듯 천천히 말했다.

"나 스스로 이런 의구심을 떨칠 수 없기 때문에 서둘러 뭔가를 증명하려고 발버둥 치는 걸지도 몰라요. 평범한 일상에서 도망친 것도 진실과 마주할 용기가 없어서겠죠. 안 그래요?"

예러우가 그를 위로했다.

"평범한 일상에서 벗어나려는 건 시인의 본능이에요."

"날 대신해 아주 그럴듯한 이유를 생각해냈군요."

망허가 씁쓸한 미소를 지었다.

"당신은 착하고 좋은 여자예요. 그런데 이거 알아요? 착하기 때문에 치러야 할 희생이 너무 크다는 걸 말이에요. 내 아버지도 나 때문에 화병을 얻으셨죠. 고혈압으로 입원하셨어요……. 내가 복직하지 않으면 부자의 연을 끊고 날 평생 보지 않겠다고 하셨죠."

"그게 정말이에요?"

"아버지께서 퇴원하시던 날 넙죽 절 한 번 올리고 훌쩍 떠나왔어요……. 사실 이러는 내 마음도 결코 편치 않아요."

예러우는 그를 위로할 방법을 찾지 못하고 시름을 나누는 걸로 위로를 대신했다.

예러우가 망설이다가 물었다.

"혹시, 떠난 걸 후회하세요?"

"아뇨. 적어도 지금까진."

그는 얕은 한숨을 내뱉으며 먼 산등성이로 시선을 돌렸다.

"참 아름답군요!"

진심에서 우러나온 경탄이었다.

해가 비스듬히 기울고 저녁놀이 나타났다. 괄게 달아오른 노을 한 자락이 절벽 위로 길게 걸쳐져 푸석한 황토를 핏빛으로 적셨다. 한없는 정적, 농밀한 고요함이 작은 산촌을 뒤덮고 깊은 골짜기 속으로 내려앉았다. 밥 짓는 연기가 망자의 혼백처럼 한 가닥씩 하늘로 피어올랐다. 순간 망허는 신을 만난 듯한 착각을 했다.

청쉬 오빠가 아이를 보내 저녁밥이 다 되었음을 알렸다.

청쉬의 집은 모두 다섯 개의 토굴로 이루어져 있었다. 가장 서쪽에 있는 토굴은 평소에는 사람이 쓰지 않고 농기구나 잡다한 물건들을 쌓아두는 창고였는데 오늘 밤은 임시로 짐들을 치우고 구들에 군불을 지펴 습기를 걷어낸 후 망허를 위한 손님방으로 개조되었다. 예러우는 청쉬 오빠네 집 여자들이 기거하는 토굴에서 묵기로 했다.

저녁 밥상은 함지박만 한 솥에 그득하게 담긴 쌀밥과 튀긴 기장떡, 닭고기, 달걀말이, 쌀술로 소담하게 차려졌다. 비록 쌀밥에 알곡보다 쭉정이와 쌀겨가 더 많아 색이 누리끼

리했지만 척박한 땅에서 살아가는 이들에게는 흉년을 견뎌내기 위해 터득한 생존의 지혜였다. 그들은 술잔을 주고받으며 청쉬 오빠가 들려주는 가족들의 옛날 이야기에 귀를 기울였다.

술기운이 거나하게 오를 즈음 청쉬 오빠가 젓가락으로 망허를 가리키며 예러우를 슬쩍 떠보았다.

"네가 제법 괜찮은 애인을 뒀구나. 술기운을 빌려 슬쩍 엉큼한 짓을 하려 들지 않는 걸 보니."

예러우의 얼굴에 짙은 홍조가 떠올랐다.

"오빠도 참. 많이 취하셨나 봐요. 이분과는 그런 사이가 아니에요."

청쉬가 눈을 가늘게 뜨고 킬킬거렸다.

"내 앞에서까지 의뭉 떨 거 없다. 애인도 아닌데 뭣하러 이런 산골까지 따라왔겠느냐?"

예러우가 서둘러 손사래를 쳤다.

"아니라니까요. 이분은 제 선생님……."

망허가 대뜸 술잔을 들어 예러우의 말허리를 잘랐다.

"동생분 눈이 하도 높아서 저 같은 게 눈에 차기나 하겠습니까?"

청쉬 오빠는 좌우를 번갈아 뜯어보더니 꺼르륵 술트림을

한 후 젓가락으로 예러우의 이마를 톡톡 두드렸다.

"네가 사람 보는 눈이 젬병이구나. 꽃도 다 피고 나면 시들듯이 청춘도 눈 깜짝할 사이에 지나가는 거야. 너라고 뭐 평생 고울 줄 아느냐? 굴러들어온 복을 걷어차다니. 이 오빠 말 명심해라."

그 말이 떨어지기가 무섭게 토굴 천장에 매달려 있던 15촉광 전등이 팍 하고 꺼졌다. 암흑이 단숨에 토굴 속으로 빨려들어왔다. 청쉬 오빠의 말에 어떤 부연 설명이라도 하려는 듯. 예러우와 망허는 정전이 된 거라고 생각했다.

어둠 속에서 청쉬 오빠의 대수롭지 않다는 듯한 목소리가 들렸다.

"벌써 아홉시로군."

이곳은 매일 밤 아홉시 정각이 되면 발전소에서 스위치를 내려 마을 전체에 전력 공급을 중단했다. 부엌의 부뚜막에서 새어 나오는 어렴풋한 불빛만이 애써 어둠을 물리치고 있었다. 그 희붐한 불빛이 인류의 문명을 밝혀준 태초의 불처럼 신성하게 느껴졌다. 청쉬의 아내가 익숙한 어둠을 더듬어 등불을 켜러 간 사이 세 사람은 바로 눈앞도 분간할 수 없는 어둠 속에 앉아 있었다. 예러우의 손등에 뭔가 와 닿는 감촉이 느껴졌다. 크고 보드라운 손이 천천히 그녀의 손등을 감쌌다. 뭔가를 갈구하는 고독한 손이었다. 예러우는 저항하지 않았다. 그녀의 손은 무엇이라도 보듬을 수 있을 만큼 너그럽고 온유했다. 전설 속 해어화(解語花, 말을 알아듣는 꽃이라는 뜻으로, 당나라 현종이 양귀비의 아름다움을 빗대어 표현했다)가 '길을 잃은 아이로구나……'라고 자상하게 속삭이는 것 같았다.

석유등이 켜지자 망허는 못내 아쉬운 듯 천천히 예러우의 손을 놓아주었다. 그는 몸을 숙여 주전자를 끌어다 자신과 청쉬 오빠의 잔에 술을 가득 부었다.

"형님, 한 잔 더 하시죠. 오늘 술맛이 유난히 좋습니다!"

술자리가 파하고 각자 방으로 들어갈 무렵, 예자거라오는 암흑의 심연 속에 무겁게 가라앉아 있었다. 마을 전체가 깊은 잠에 빠져들었다. 잠시 후 주인도 잠들고 석유등의 불빛도 점점 쇠잔해지다가 이내 사그라졌다. 망허는 구들 위에 가만히 몸을 눕혔다. 삼종이를 바른 격자창이 어스름한 달빛에 투영되어 방 안에 무늬를 쳤다. 잠이 올 것 같지 않았다. 술기운과 피로도 그를 잠들게 할 수 없었다. 세상이 너무도 고요하고 순수해 그처럼 '잡념'이 많은 사람은 오히려 편히 잠들 수 없는 것 같았다. 그는 주섬주섬 옷을 걸치고 구들에서 내려와 토굴 밖으로 나갔다.

　은은한 달빛이 앞마당에 흩어져 내리고 있었다. 샛말가니 여문 보름달빛은 아니지만, 오히려 더 담백하고, 더 선량하고 수줍음을 간직한 듯 편안한 기분을 주었다. 한 줄기 산바람이 불어왔다. 그는 약간의 현기증을 느끼며 술기운이 오르는 걸 느꼈다. 그는 맷돌에 걸터앉아 바람을 등지고 담뱃불을 붙였다. 새빨간 담뱃불이 반딧불이처럼 산골의 짙은 암흑 속에서 깜박이며 너울거렸다. 담배 한 개비가 다 타기도 전에 끼익 소리와 함께 동쪽에 있는 토굴의 문이 살며시 열렸다. 사람 그림자 하나가 소리 없이 나오더니 섬돌을 내려와 걸음을 멈추고 섰다.

　망허는 담뱃불을 끄고 몸을 일으켜 예러우에게 다가갔다. 어스름한 달빛 아래 그녀의 모습이 한 송이 꽃과 같았다. 그는 그녀 앞에 서서 손을 잡았다. 시린 감촉이 그의 손바닥에 전해졌다. 그는 그녀의 손을 잡고 자신이 묵는 토굴로 향했다. 그는 애처롭게 오들오들 떨고 있는 그녀를 감싸 안았다. 그녀의 얼굴이 그의 가슴에 파묻히고, 새빨간 숯처럼 달아오른 여자의 얼굴에 남자의 가슴이 타올랐다. 그는 주체할 수 없는 격정에 그녀의 이름을 불렀다.

　"예러우, 예러우, 예러우……."

　그녀의 눈에서 눈물이 왈칵 쏟아졌다. 눈물도 용광로 속

쇳물만치 뜨거웠다. 그녀는 숙명을 받아들이듯 혼잣말로 속 삭였다.

"내가 미쳤어. 미쳤어—"

토굴 밖에서 개가 영문도 모른 채 컹컹 짖어댔다.

아침 햇살이 눈부셨다.

잠에서 깬 망허가 토굴 밖으로 나왔다. 새들이 깍깍 울어 대며 어지럽게 공중을 맴돌았다. 막 세수를 하고 나오는데 청쉬의 아내가 아침식사를 하라고 부르는 소리가 들렸다. 청쉬 오빠는 이른 새벽부터 들에 나가고 아이들도 일찍 등 교해 식탁엔 망허 혼자뿐이었다. 망허가 의아한 표정으로 청쉬의 아내에게 물었다.

"예러우는요? 아직 자고 있습니까?"

청쉬의 아내가 대답했다.

"꼭두새벽에 떠났어요. 먼저 돌아간다고 전해달라더군요. 학교에 일이 생겼다던가……. 어쨌든 먼저 미즈 현에 가서 기다리겠다고 했어요."

순간 어안이 벙벙했다. 예감이 좋지 않았다. 그는 서둘러 젓가락을 내려놓고 몸을 일으켰다.

"아주머니, 잘 먹었습니다. 저도 돌아가야겠습니다."

미즈 현으로 가는 동안 망허는 거의 내내 달리다시피 했다. 땀을 비 오듯 쏟으며 달리다가 중간쯤에서 벽돌을 싣고 가는 사륜 경운기를 얻어 타는 바람에 얼굴이 검은 먼지로 범벅이 되었다. 먼지를 홀딱 뒤집어쓴 채 곧장 예러우가 묵고 있는 초대소로 향했다. 하지만 기다리겠다던 그녀는 보이지 않았다. 종업원은 그녀가 이미 떠났다고 했다.

망허는 자신의 귀를 믿을 수가 없었다.

"뭐라고요?"

"방을 빼서 떠났다니까요. 아침 댓바람에 짐을 챙겨 떠났어요."

그는 귓속에 벌집이 들어찬 듯 웅웅거리는 소리밖에 들리지 않았다.

"잘못 안 걸 거요. 그럴 리가 없어요. 어디로 갔다고 했죠?"

그가 횡설수설하며 종업원을 닦달했다.

"길에서 차를 얻어 타는 걸 보긴 했어요. 얼핏 강 건너 산시자〔山西家〕로 간다고 한 것 같은데……. 어쨌든 떠난 지 한참 됐어요."

종업원도 망허가 측은해 보였는지 동정 어린 투로 아는 대로 대답해주었다. 동글동글하고 상냥한 인상의 아가씨였다. 붉은 입술 사이로 새하얀 치아가 가지런하고 두 볼에는 얕은 볼우물이 보일락 말락 했다.

후끈한 땀이 순식간에 식어내려 그의 등과 가슴에 차갑게 달라붙었다. 등줄기가 쭈뼛해지며 두려움이 밀려왔다. 햇빛이 이토록 찬란한데, 아침이 이토록 청명한데, 자고 나니 예러우가 없어지다니. 풀잎에 맺힌 이슬방울이 아침 햇볕에 날아가듯 그녀도 그에게서 아스라이 사라져버렸다.

그녀는 마치 『요재지이』〔聊齋志異, 청나라 때 포송령(蒲松齡)이 지은 소설집. 귀신과 인간의 사랑에 관한 기이한 이야기가 많다〕 속에 나오는 정령처럼 홀연히 나타났다가 그림자조차 남기지 않고 떠나버렸다.

제 2 장

아버지와 아들

1. 천샹과 라오저우

　라오저우〔老周〕는 천샹의 남편이자 같은 과 선배였다. 본
명은 저우징옌〔周敬言〕이지만 그의 본명을 부르는 사람은 거
의 없고 다들 '라오저우'라고 불렀다. 성씨 앞에 '라오〔老〕'
를 붙여 '라오 아무개'라고 부르는 건 연장자나 노인에게만
사용하는 호칭이지만, 라오저우에게는 이런 관례가 통하지
않았다. 학생 시절부터 같은 반 학생들 모두 성별과 나이를
불문하고 모두 그를 '라오저우'라고 불렀다. 부르기 편하고
남녀노소 누가 불러도 무난한 호칭이기는 하지만 가끔은
그가 태어나면서부터 '라오저우'라고 불리지 않았을까 싶
기도 했다.

따지고 보면 그와 같은 반 학생들 중에 그보다 나이 많은 사람이 없는 것도 아니었다. 자아이빈〔賈愛斌〕이 라오저우보다 한 살 많았지만 그를 '라오자'라고 부르는 사람은 없었다. 또 그와 동갑인 학생도 몇 명이나 있었지만, 언제 어디서든 '라오 아무개'라는 호칭으로 불린 사람은 라오저우가 유일했다. 그런데도 누구 하나 이의를 제기하는 사람도 없었다. 누구든 그의 얼굴을 보면 '라오저우'라는 호칭 외에는 달리 떠오르는 호칭이 없었다. 어떤 의미에서 그건 '77학번 1반' 대표에 대한 일종의 존칭이었던 것도 같다.

라오저우는 순금처럼 선하고 순수한 사람이었다.

예전에 결혼해서 아들까지 얻었지만, 아들이 첫돌도 되기 전에 세균성 이질에 걸려 죽고 말았다. 그 일로 인해 그는 결국 아내와 헤어지게 되었다. 라오저우의 전처는 이른바 '북삽(北揷)', 즉 베이징〔北京〕 출신으로 삽대(揷隊, 1970년대에 도시의 학생들이 농촌의 생산대로 배치받아 노동한 것) 때문에 이곳에 내려온 여자였다. 아이의 죽음 이후 아내는 객지 생활에 넌더리를 냈다. 아이의 죽음으로 인한 슬픔이 급기야 이 도시에 대한 원망으로 번졌던 것이다. 그녀는 베이징에 돌아가 비렁뱅이가 될지언정 이 재수 없는 도시에서는 한순간도 더 머물고 싶지 않다고 했다. 그녀는 결국 라오저우를 버리고 떠났다. 물론 그녀는 베이징에서 비렁뱅이가 되지 않았다. 친정 부모의 인맥을 동원해 번듯한 직장에 자리를 얻었다. 하지만 라오저우를 받아줄 곳은 베이징에 없었다. 베이징에서 뭐가 아쉬워서 그처럼 내세울 것 하나 없는 외지인을 받아주겠는가. 베이징은 결국 그들 젊은 부부를 갈라서게 만들었다.

하지만 라오저우에게서 상처의 그늘은 찾아볼 수 없었다. 그는 조금도 세상을 원망하지 않았고, 오히려 순진무구에 가까운 긍정적인 사고방식으로 세상을 대했다. 그는 태생적으로 순수한 사람이었고, 티 없이 깨끗하고 온화한 미소를 지니고 있었다. 늘 아이처럼 즐거워하고, 철학자처럼 생각했다. 단지 이런 것들의 고귀함을 깨닫기에는 천샹의 나이가 너무 어렸던 것뿐이다.

라오저우의 외모는 잘생긴 축에 들지 못했다. 아니, 잘생긴 것과는 거리가 멀었다. 크고 둥글넙데데한 얼굴에 키는 중간쯤 되고 약간 살집이 있는 데다가 등이 약간 구부정했다. 한마디로 천샹의 눈에 라오저우는 마음씨 좋은 선배였지 꿈에 그리던 백마 탄 왕자는 결코 아니었다. 심지어 천샹은 라오저우가 오래전부터 자신을 연모해왔다는 사실조차 알지 못했다. 사 년 동안 아침저녁으로 얼굴을 마주치면서도 그저 건성으로 엄벙덤벙 대했을 뿐 한 번도 라오저우에게 관심을 가지지 않았던 것이다. 그녀 앞에 예기치 않았던 암초가 나타나기 전까지는.

그녀에게는 임신 증상이 거의 나타나지 않았다. 유일하게 달라진 것이 있다면 식탐이 무척 심해졌다는 점이었다. 그녀의 식사량이 기하급수적으로 늘어나기 시작했다. 한 끼에 어른 주먹만 한 찐빵 네 개에 좁쌀죽 세 사발, 돼지고기 볶음 두 접시를 너끈히 먹어치웠다. 한번은 친구들과 만두를 먹으러 갔는데 천샹 혼자서 만두가 열 개씩 든 찜통을 여덟 개나 비우는 게 아닌가! 걸신들린 듯 꾸역꾸역 먹어대는 그녀의 모습을 다들 넋을 잃고 바라보기만 했다. 단짝 친구 밍추이(明翠)는 그녀에게서 뭔가 수상한 낌새를 알아차렸다. 그날 오후 밍추이가 천샹을 강가로 불러냈다.

"천샹, 도대체 무슨 일이니?"

천샹은 대답 대신 빙그레 웃으며 가늘게 뜬 눈으로 강물만 쳐다보았다. 밍추이의 예리한 눈은 천샹의 콧잔등 양쪽으로 거뭇거뭇하게 올라온 기미를 놓치지 않았다. 옥처럼 희고 깨끗해 조그만 잡티도 생긴 적이 없는 천샹의 얼굴이 어느새 검은 물감을 흩뿌려놓은 듯 엉망이 되어 있었다. 불길한 예감이 밍추이의 심장을 옥죄어왔다.

"몇 개월이나 된 거야?"

밍추이는 넘겨짚어 단도직입적으로 물었다.

"음, 글쎄. 어떻게 계산하는 거지?"

잠시 후 손가락셈을 끝낸 천샹이 대답했다.

"이 개월하고 십삼 일 됐네."

"불행 중 다행이구나! 아직 늦지 않았어."

밍추이가 안도의 한숨을 길게 내쉬며 가슴을 쓸었다.

"오늘은 너무 늦었으니 내일 아침에 병원에 가자."

천샹이 웃음기 없는 표정으로 얼굴을 홱 돌리더니 밍추이를 표독스럽게 쏘아보며 말했다.

"네가 무슨 말을 하려는 건지 알아. 날더러 이 아이를 버리라는 거지? 이 아이를 죽이라는 거지? 안 그래? 처음이자 마지막으로 말해두는데, 난 아이를 낳을 거야. 누가 뭐래도, 무슨 일이 닥쳐도 꼭 낳고 말 거야! 나도 다 생각이 있어. 학교에서 받아주지 않는다 해도 상관없어. 아무도 미혼모를 받아주지 않는다면 길가에 좌판을 깔고 장사할 거야. 차나 탕후루〔糖葫蘆, 산사나무의 열매를 꼬치에 꿰어 사탕물을 발라 굳힌 간식거리〕, 군고구마 같은 걸 팔면 그만이야. 아니면 아예 작은 가게를 차려놓고 여우탸오〔油條, 밀가루 반죽을 발효시킨 후 길쭉하게 잘라 기름에 튀긴 것〕나 고기완자 같은 걸 팔지 뭐. 그러니까 그런 잔인한 말 따윈 네 뱃속으로 쑤셔 넣어버려. 내 아이가 들으면 안 되니까 말이야! 밍추이, 넌 나의 가장 좋은 친구야. 너와 이 일로 원수지고 싶진 않아.”

그녀의 말투는 진지하고 비장했다. 그 장렬한 표정 앞에서 밍추이는 할 말을 잃었다. 지금까지 한 번도 본 적이 없는 친구의 모습이 생경하기만 했다. 밍추이는 하늘이 무너져 내린 듯 암담했다. 세상 물정 모르고 순해빠진 맹추가 뭔가에 단단히 홀린 거라고 생각했다. 그날 밤 밍추이는 라오저우를 찾아갔다. 라오저우는 반 대표이자, 천상과 밍추이가 활동하는 학보사의 회장이었으며, 또 밍추이, 천상과 함께 그들 반에서 학교에 남겠다고 신청한 후보자이기도 했다.

밍추이가 애걸하듯 말했다.

“천상이 불구덩이로 뛰어들려는 걸 두 손 놓고 보고만 있을 순 없잖아요.”

밍추이의 말은 천상이 아이를 지울 수 있도록 총대를 메어달라는 뜻이었다. 라오저우의 말이라면 천상도 쉽게 묵살하지는 못할 것이라고 평계를 달기는 했지만, 솔직히 다급한 마음에 지푸라기라도 잡아보겠다는 심정이 컸다. 밍추이의 말이 끝난 후에도 라오저우는 입술을 딱 붙인 채 오랫동안 침묵을 지켰다.

이윽고 라오저우가 입을 열었다.

"이미 늦었어. 무슨 말을 해도 소용이 없을 거야."

"말해보지도 않고 어떻게 알아요?"

라오저우는 그저 밍추이를 바라보기만 할 뿐 아무 말도 하지 않았다. '천샹은 너완 달라. 아니, 평범한 사람들과 달라. 천샹은 성도(聖徒)와 같은 지고지순한 천성을 지녔어. 희생은 그녀에게 타고난 숙명과도 같은 거야'라고 말하고 싶었다.

하지만 목구멍까지 차오른 비장한 말을 애써 삼키며 "알았다. 내가 한번 말해보마"라고 눙쳐 넘겼다.

1980년대 초반 그곳은 아직 카페테리아나 다방이 없고 변변한 식당도 손에 꼽을 정도였으며, 우후죽순처럼 생겨난 'UCC COFFEE'나 '디얼커팅〔第二客廳, 중국 토종의 프랜차이즈 커피 전문점〕' 같은 곳도 십여 년 후에야 비로소 문을 연 중국 내륙의 소도시였다.

라오저우는 하는 수 없이 천샹을 강변으로 불러냈다. 두 사람은 강둑에 나란히 앉아 소리 없이 흘러가는 강물을 바라보았다. 물새가 깍깍 울며 그들 앞에서 물수제비를 뜨고 지나가자 라오저우가 그제야 정신이 든 사람처럼 대뜸 말문을 열었다.

"우리 결혼하자."

예상치 못한 발언에 천샹은 당황스러운 기색을 감추지 못했다.

"뭐라고요?"

"나와 결혼하자고."

라오저우는 두툼하면서도 어린아이처럼 붉고 윤기 흐르는 손바닥을 비비적거리며 말했다.

"왜요?"

천샹은 라오저우가 밍추이가 보낸 지원군이란 건 직감했지만, 그가 느닷없는 청혼을 해올 줄은 전혀 예상하지 못했다.

"왜긴. 네가 좌판을 놓고 탕후루를 파는 건 보고 싶지 않아. 너같이 물러터진 녀석이 무슨 장사를 한다는 거야? 보나 마나 망할 게 뻔한데."

"고작 그것 때문에 결혼하자는 거예요?"

"둔한 녀석, 여태껏 모르고 있었던 거야? 널…… 널 좋아해."

"하지만, 하지만 난……."

천샹이 대답할 말을 찾지 못하고 우물쭈물하고 있는데 라오저우가 단호한 투로 그녀의 말문을 막았다.

"하지만 넌 날 좋아하지 않는다는 것도 알아. 궁지에 몰린 네 처지를 틈타 내 욕심을 채우는 셈 치자! 우리는 아이에게 가정을 만들어줄 수 있어. 네가 엄마가 되고 내가 아빠가 될게. 이건 꽤 괜찮은 제안이야. 안 그래? 지금 당장 대답할 필요는 없어. 충분히 생각하고 대답해줘."

천샹의 눈에 눈물이 아롱졌다. "네가 엄마가 되고 내가 아빠가 될게"라는 애들 소꿉장난 같은 말이 어째서 그 어떤 서약이나 맹세보다도 더 마음을 흔드는지 그녀 자신도 이해할 수 없었다. 가슴이 미어질 듯 아려왔다. 천샹은 고개를 숙여 발밑에서 강아지풀 한 줄기를 꺾었다. 그녀는 그걸 동그랗게 꼬아 고리처럼 만든 다음 손바닥 위에 올려놓고 라오저우에게 내밀었다.

"저우징옌, 이런 식의 프러포즈는 너무 간단하지 않아? 반지 하나쯤은 있어야지."

라오저우는 굵직한 손가락으로 작은 풀반지를 집어 올려 세상에 없는 보물을 다루듯 조심스럽게 천샹의 손가락에 끼워주었다. 그리고 커다란 비밀을 간직한 그 가냘픈 여인을 품에 안고 애처로운 듯 그녀의 이름만 되뇌었다.

"천샹, 천샹……."

천상의 얼굴은 이미 눈물범벅이 되어 있었다.

"저우징옌, 이 멍청이, 바보, 천치."

아기의 이름은 샤오촨〔小船〕이라고 지었다. 저우샤오촨〔周小船〕이었다.

천샹이 물었다.

"아기 이름이 마음에 들어요?"

라오저우는 짧게 대답했다.

"응."

사실 라오저우는 '작은 배'라는 뜻의 샤오촨이라는 이름이 마음에 들지 않았다. 배는 강에 떠 있는 것인데, 아이의 생부 망허가 바로 '강〔河〕'이 아닌가.

하지만 천샹이 처음에는 '후회하지 않겠다'는 다짐을 담아 '부후이〔不悔〕'라는 더욱 노골적인 이름을 떠올렸었다는 사실을 라오저우는 모르고 있었다.

신접살림은 학교 기숙사가 있는 퉁즈러우〔筒子楼〕에 차렸다. 집이라고 해야 십육 평방미터밖에 되지 않아 어른 침대와 아기 침대 하나씩 놓으면 남는 공간이 거의 없었다. 아기 침대는 소나무의 결과 색을 그대로 살려 만든 것으로 사방에 매끈하게 깎은 난간이 달려 있었다. 침대 위 천장에는 모기장을 달았다. 라오저우가 손수 만든 침대였다. 라오저우는 예전에 삽대하던 시절 목수 일을 했었다.

벌써 배가 불룩하게 부른 천상은 햇볕 따사로운 남쪽 창가에 앉아 라오저우가 아기 침대에 난간으로 달아줄 나무를 꼼꼼하게 사포질하고 있는 모습을 바라보았다. 유리창으로 들어온 비스듬한 햇살 사이를 은은한 소나무 향이 정령처럼 떠다녔다. 처음부터 침대를 직접 만들 생각은 아니었다. 하지만 물자가 부족한 이 북방 도시를 샅샅이 뒤져도 마음에 드는 아기 침대를 찾을 수가 없었다.

결국 라오저우가 체념한 듯 말했다.

"됐어. 직접 만드는 게 낫겠어."

그는 소련의 전쟁 영웅 바실리 자이체프의 말투를 흉내 내 천상을 위로했다.

"빵도 생길 거고 우유도 생길 거야(〈레닌의 1918년(lenine en 1918)〉이라는 영화에 나오는 바실리 자이체프의 대사)."

이틀 후 그들 집 창밖으로 나무판자 한 무더기가 쌓이더니, 라오저우가 하얀 대팻밥을 날리며 나무를 자르고 깎고 다듬기 시작했다. 그 덕분에 천샹은 아기 침대가 아버지의 손끝에서 완성되는 광경을 직접 목도할 수 있었다.

세상에 그보다 더 매혹적인 장면이 있을까. 한 아버지가 아들을 위해 구슬땀을 흘리며 일하고 있었다. 대패가 닿는 곳마다 흰나비처럼 날아오른 대팻밥이 공중에서 소리 없는 무도회를 벌였다. 추위에 놀라 잔뜩 옴츠러든 매미 날개처럼 리드미컬하게 말려 올라간 그 곡선에서 천샹은 형언할 수 없는 아름다움을 느꼈다. 천샹은 주둥이가 넓고 투명한 유리병을 여러 개 주워다가 깨끗하게 씻어 말린 다음, 제일 동그랗고 예쁘게 말린 대팻밥을 골라 부서질세라 조심조심 유리병에 담았다. 유리병마다 서로 높이를 다르게 담아 창가에 일렬로 세워놓았다. 얇은 대팻밥 사이로 뚫고 나온 햇살이 보석처럼 반짝이며 훌륭한 장식품이 되었다. 천샹은 이 평화롭고 감동적인 순간을 유리병에 담아 고이 간직하고 싶었다.

라오저우가 빙그레 웃으며 말했다.

"대팻밥을 땔감 삼아 태울 줄만 알았지 이렇게 멋지게 변신할 줄은 몰랐어. 세상에 하나밖에 없는 장식품일 거야."

천상도 따라 웃었다. 이상하게도 슬픔이 와락 밀려와 무방비 상태의 그녀를 덮쳤다. 눈사태라도 난 것처럼 무너지는 감정을 걷잡을 수가 없었다. 아름다운 것은 전부 순식간에 사라지고 자신은 그걸 붙잡을 수 없다는 서러움이 그녀를 무너뜨렸다.

아이는 대체로 순산했다. 회음부를 조금 절개하고 일곱 바늘 꿰맨 걸 제외하면 모든 것이 순조로웠다.

간호사가 강보에 싸인 아기를 라오저우 앞으로 내밀었다. 새빨간 얼굴, 주름이 자글자글한 피부, 꼭 감은 두 눈. 솔직히 말하면 사람이라기보다는 동물에 가까웠다. 간호사가 아기의 작은 머리통을 들어 올리며 라오저우에게 말했다.

"아기가 엄마를 쏙 빼닮았어요."

라오저우가 그제야 행복한 미소를 지으며 조용히 속으로 아기에게 인사를 건넸다.

'만나서 반갑구나, 저우샤오촨.'

그는 샤오촨이 엄마를 닮기를 간절히 바랐었다. 하느님과 부처님, 천지신명께 아이가 제 엄마를 닮게 해달라고 빌고 또 빌었다.

천샹은 품에 안긴 아기의 얼굴을 아주 오랫동안 꼼꼼히 뜯어보았다. 천샹은 아기의 주름 잡힌 얼굴을 내려다보며 자애로운 목소리로 말했다.

"저우샤오촨, 내가 네 엄마란다."

천샹은 아기에게 처음으로 젖을 물렸다. 아기가 꽃망울 같은 입을 오물거리며 젖을 빨 때마다 자신의 영혼이 아기의 입속으로 빨려들어가는 느낌이었다. 그런데 아기가 갑자기 엄마의 젖꼭지를 뱉어내며 와앙 하고 서러운 울음을 터뜨렸다.

엄마의 젖이 나오지 않았던 것이다.

사흘이 지나도록 젖이 돌지 않았다. 이레 후 퇴원했지만 여전히 젖이 나오지 않았다.

라오저우는 아기에게 먹일 분유를 사왔다. 특별히 인편에 부탁해 둥베이〔東北〕에서 제일 좋다는 '완다 산〔完達山〕' 표 분유를 구했다. 당시 분유를 사기 위해서는 병원에서 발급한 출생증명서가 있어야 했다. 그런데 우유에 대해 온갖 해괴한 소문들이 파다했다. 우유의 양을 늘리기 위해 맹물을 섞는 게 다반사였는데, 공장에서 나올 때 한 번, 우유 보급소에 도착해서 한 번, 우유 배달원이 배달하면서 또 한 번, 도합 세 차례나 물을 섞는다는 것이었다. 게다가 이 도시를 가로지르는 사허〔沙河〕라는 강에 도시에서 나온 온갖 생활용수가 그대로 흘러들어가는데, 우유 배달 자전거가 강변을 지날 때마다 강물을 한 바가지씩 떠서 우유에 붓는 걸 본 적이 있다는 사람도 있었다. 사정이 그러하니 우유가 묽기도 하거니와 되레 아기의 건강을 해칠 수도 있었다.

천상은 이대로 포기할 수 없었다.

자신의 몸이 자식에게 젖조차 주지 않을 만큼 이기적이라는 건 믿을 수 없었다.

마사지, 찜질, 유축기 등 모든 방법을 동원했지만 모조리 실패했다. 겉에서 문지르고 짜내는 방법으로는 효과가 없었다. 하지만 천상은 이 세상에 젖이 나오지 않는 엄마는 없는 거라고 믿었다. 그게 동물이든 사람이든. 그건 지극히 간단한 도리, 아니 진리라고 굳게 확신했다. 젖이 나오지 않는 산모들 대부분이 몇 가지 방법으로 안 되면 모유 먹이기를 포기했지만 그녀는 달랐다. 그녀에게는 맹목적이리만치 확고한 신념이 있었다. 언젠가는 젖이 나올 거라는 신념이.

그녀는 젖을 나오게 한다는 민간의 비방들을 수소문해 그것들을 한 장 한 장 정성껏 베껴 적어 벽에 붙여놓았다. 라오저우는 벽에 붙은 비방들을 보고 기겁을 했다.

"설마 여기 적힌 것들을 먹을 생각은 아니겠지?"

오히려 천상이 더 놀라며 퉁명스럽게 대답했다.

"먹지도 않을 걸 왜 붙여놓았겠어요?"

라오저우는 생각만 해도 구역질이 올라왔다.

그중 하나는 돼지족발을 이용한 것이었다. 돼지의 앞발을 깨끗이 씻어 물을 넣고 푹 삶는데, 문제는 소금을 포함한 모든 조미료를 일절 넣지 않는다는 점이었다. 오로지 통초(通草)라는 약재 한 가지만 넣고 뽀얗게 고아서 국물과 고기를 함께 먹어야 했다.

또 하나는 붕어탕이었다. 붕어의 내장만 발라내고 비늘은 그대로 둔 채 소금을 포함한 조미료를 일절 넣지 않고 곤죽이 될 때까지 고아서 먹어야 했다.

쌀술 두부라는 것도 있는데, 이건 다른 방법에 비해서는 상대적으로 양호했지만 만드는 과정이 여간 복잡한 게 아니었다. 먼저 쌀술을 빚은 다음 여기에 흑설탕과 두부를 넣고 콩비지처럼 걸쭉해질 때까지 끓여 매일 두 번씩 먹는 것이었다.

이렇게 해서 간기라고는 전혀 없고 조미도 되지 않은 비리고 느끼한 국물과 죽이 천상의 하루 세 끼 주식이 되었다. 어지간한 사람은 삼키기는커녕 냄새조차 맡기 힘들었다. 다행스러운 게 있다면 물자 부족으로 시달리던 그 도시에 얼마 전 시장이 생겨 재료들을 구하는 게 그리 어렵지 않다는 점이었다. 그녀는 산후 조리도 뒷전으로 하고 여기저기 수소문해서 남방 사람에게 술누룩을 구하고 쌀술 빚는 방법을 배웠다. 작은 항아리와 찹쌀을 사오고, 항아리를 여러 번에 걸쳐 깨끗이 씻는 일만 라오저우에게 맡겼을 뿐 그다음부터는 모든 걸 그녀 손으로 직접 했다. 꼬박 하루 동안 물에 담가 불린 찹쌀을 쪄서 반쯤 익힌 다음 항아리에 담고, 미리 끓여서 식혀놓은 물과 한 치 크기의 술누룩 한 덩어리를 넣고 고루 섞은 후에 중간을 구덩이처럼 깊게 파놓았다. 일주일 후 항아리를 열어보니 맑고 투명한 쌀술이 완성되어 있었다. 시금시금한 술 냄새가 집 안 가득 퍼졌다. 천상은 노력의 결실에 기뻐하며 쌀술을 유리병에 나누어 담고 궐련지로 주둥이를 잘 감쌌다. 그때부터는 쌀술 두부가 아침저녁으로 그녀의 식탁에 빠지지 않고 올랐다. 어느덧 아기를 낳은 지 한 달을 채우자 자신이 먹을 식재료를 사러 다니는 것이 천상의 주요 일과가 되었다. 하루도 빼놓지 않고 시장을 돌며 부식거리를 사러 다녔다. 털구멍이 많고 살집이 단단한 돼지 앞발과 비늘이 선명한 붕어, 최소한 육 년 이상 된 늙은 암탉 같은 것들을 꼼꼼하게 골랐다. 이런 것들이 괴상한 냄새를 풍기며 식탁에 올라올 때면 천상의 눈에 먹이를 노리는 암컷 맹수의 그것과도 같은 비장한 빛이 스쳤다. 그녀는 잰 손길로 빠르게 상을 차리고, 감격스러운 의식을 치르듯 그것들을 게걸스럽게 먹어치웠다. 천샹이 그릇에 머리를 처박고 먹다가 고개를 들어 붕어 비늘을 입가에 붙인 채 라오저우를 향해 환한 미소를 지어 보일 때면 라오저우는 공포와 연민을 동시에 느꼈다.

또 한 달이 지나 샤오촨도 생후 이 개월이 되었지만, 천샹의 유방은 여전히 젖을 내지 못했다.

타지에 사는 어머니가 찾아와 그녀를 타일렀다.

"그만두려무나. 이만큼 생고생했으면 너도 할 만큼 한 거야. 여태껏 젖이 나오지 않으면 젖이 없는 거지. 천성적으로 돌젖인 여자들이 있다더니 네가 바로 그런가 보다."

밍추이도 제발 그만두라고 사정했다.

"이 고집불통아, 소금기도 없는 국들만 주구장창 들이마시다간 조만간 백발마녀가 될지도 몰라."

하지만 천샹은 누구의 말도 귀에 들어오지 않았다. 그녀는 간기 없는 돼지족탕에 비늘 붙인 붕어, 곤죽이 된 쌀술두부 먹기를 멈추지 않았다.

석 달이 지나도록 여전히 감감무소식이었다. 그녀의 몸은 마치 꽁꽁 얼어 녹을 줄 모르는 동토와도 같았다. 그런데 아

기가 태어난 지 석 달쯤 되면 제 스스로 몸을 뒤집을 수 있
어야 하는데 샤오촨은 아직 뒤집기를 하지 못했다. 멀건 우
유만 먹인 탓에 샤오촨에게 칼슘 부족 증상이 나타나는 것
같았다. 아기를 병원에 데리고 가서 비타민 D3 주사를 맞히
던 날, 주삿바늘에 자지러지게 울음을 터뜨린 샤오촨을 부
둥켜안고 천샹도 함께 눈물을 흘렸다. 그래서 그녀는 간기
없는 그것들 먹기를 멈출 수가 없었다.

라오저우도 보다 못해 한마디 했다.

"천샹, 진인사대천명(盡人事待天命)이라고 했어. 최선을 다
했으니 하늘의 뜻을 받아들이자."

천샹이 야멸치게 쏘아붙였다.

"하늘의 뜻이라니요? 하늘의 뜻이 뭔지나 알고 하는 말이
에요? 이 세상 모든 엄마가 아기에게 젖을 먹일 수 있다는
게 바로 하늘의 뜻이라고요!"

라오저우는 더 이상 말하지 않았다. 아니, 더 이상 무슨
말을 할 수 있겠는가? 천샹에게 남들은 가지지 못한 성도로
서의 품성이 있다는 걸 라오저우는 알고 있었다. 그녀는 아
주 당연하게 기적을 세상에 흔해 빠진 평범한 것으로 생각
했다. 라오저우는 아기가 첫돌이 될 때까지만 그녀를 내버
려두기로 했다. 그때까지도 젖이 나오지 않는다면 그녀도

아마 제 풀에 포기할 거라 생각했다.

그녀가 고행을 스스로 그만둘 때까지 기다려주기로 했다.

아기가 백일이 되도록 그녀의 고행은 계속되었다. 둘은 샤오촨을 위해 소박한 '백일잔치'를 마련했다. 타지에 있는 친조부모와 외조부모는 모셔오지 않고 아래층에 사는 밍추이 부부만 초대했다. 밍추이도 출산한 지 한 달이 채 되지 않은 때였다. 사 킬로그램이나 되는 튼튼한 사내아이를 낳았지만 그녀 역시 젖이 충분히 나오지 않았다. 밍추이의 젖으로는 우량아 아들의 뱃구레를 절반밖에 채우지 못했다. 천샹은 돼지족탕과 붕어탕을 만들 때마다 조금씩 나누어주었지만 밍추이는 보기만 해도 역한 그것들을 도저히 먹을 수가 없었다. 그래서 돼지족발은 간장을 넣고 다시 요리해 남편에게 주고 비늘 달린 붕어탕은 몰래 쓰레기통에 버리곤 했다.

그날 밍추이는 자기 아들 샤오좡(小壯)에게 분유를 배불리 먹였다. 우윳병에 담긴 분유를 샤오좡은 그리 달가워하지 않았다. 고무젖꼭지의 미끈거리는 촉감이 불쾌하다는 듯 혀끝으로 밀쳐내려 용을 썼다. 사십 일 남짓의 세상 경험이 샤오좡으로 하여금 지금은 그런 얄궂은 대용품이나 빨고 있을 때가 아니라는 걸 알려주고 있었다. 밍추이는 짜증이 가득한 표정으로 아들을 얼렀다.

"착하지. 이 엄마를 좀 도와주렴. 오늘 한 번만이야. 제발 한 번만 먹어줘……."

그렇게 해서 밍추이는 애꿎은 아들의 점심밥을 가로챘다. 그건 그녀가 오늘 샤오촨을 위해 준비한 선물이었던 것이다. 그렇게 해서 샤오촨은 세상에 태어난 지 딱 백일 만에 비로소 모유를 맛볼 수 있었다. 샤오촨은 입을 오물거리며 아주 달게 젖을 빨았다. 처음에는 엄마가 아닌 다른 사람의 젖꼭지에 놀라 빨기를 조금 주저했지만, 첫 한 모금을 빨고 난 후에는 그 원초적인 향내가 미각을 깨웠는지 정신없이 빨아댔다. 처음 맛보는 다디단 양식에 대한 경이감을 표현하듯 앙증맞은 두 손을 내밀어 엄마가 아닌 다른 사람의 유방을 쓰다듬기까지 했다……. 그 자리에 있던 모두가 숨죽인 채 그 광경을 바라보았다. 천샹의 눈가가 축축해졌다. 천샹이 가만히 말했다.

"밍추이, 내게 젖이 나오게 되면 꼭 샤오좡에게도 젖을 물려줄게……."

밍추이는 안타까운 미소로 대답을 대신했다. 이 고집스러운 친구에게 무슨 말을 해줘야 좋단 말인가? 옛말에 벽에 부딪혀봐야 뒤돌아설 줄 안다더니 천샹은 벽에 부딪혀 피가 철철 흘러도 결코 뒤돌아서지 않을 것 같았다.

이날 저녁 식탁에도 어김없이 천상을 위한 돼지족탕 한 사발이 올라왔다. 여느 때처럼 기도하듯 탕 한 사발을 말끔히 비우고 식탁에 내려놓는데 천상의 양쪽 겨드랑이에서 갑자기 찌르르 전기가 오르는 느낌이 났다. 유방 전체가 찌릿찌릿하고 후끈하게 달아오르는 것 같았다. 작은 뱀 한 마리가 훑고 지나가듯, 더운술이 목구멍을 타고 흘러내리듯, 저리고 화끈한 감각이 유방 속으로 파고들었다. 잠시 후 두 줄기 난류가 울컥 쏟아져 그녀의 가슴팍을 적셨다. 멈칫 움직임을 멈추고 고개를 숙여보니 가슴 양쪽으로 옷이 푹 젖어 있었다. 천상은 정신이 퍼뜩 들어 옷섶을 헤쳤다. 과연 그녀의 눈앞에 기적이 일어나 있었다. 그녀의 젖이, 그토록 오래 갈망하던 젖이 갑자기 콸콸 넘쳐흐르기 시작한 것이다. 그녀의 양쪽 유방에서 젖이 솟구쳤다. 헤아릴 수 없을 만큼 들이켠 역겨운 국물과 그동안의 고통과 집념, 그녀 몸에 흐르는 피까지 모든 게 응집되어 향기로운 젖으로 용화된 것이었다.

천상이 소리쳤다.

"오빠! 이것 좀 봐요!"

그녀는 분수처럼 뿜어져 나오는 젖을 보며 미친 듯이 웃어댔다.

소리를 듣고 달려온 라오저우도 순간 정신이 멍해졌다.

'오, 하늘이시여! 정말로 기적이 일어났군요.'

이제야 차분히 앉아서 편지를 쓸 시간이 생겼구나. 샤오촨, 내 아들아, 이건 엄마가 네게 처음 쓰는 편지란다. 넌 엄마 젖을 배불리 먹고 방금 잠이 들었어. 새근새근 자고 있는 네 모습을 사진으로 남겨두었단다. 넌 깊이 잠들어 있을 땐 꼭 여자아이처럼 다소곳하지. 가끔은 네가 여자아이이길 진심으로 바라기도 해. 그렇다면 장차 다른 여자가 나타나 내게서 널 빼앗아가는 일은 없을 테니 말이야. 언젠간 너도 연애를 하고 결혼을 할 거란 생각만 하면 네 곁에서 웨딩드레스를 입고 있을 여자아이에게 벌써부터 질투가 나는구나. 아들아, 솔직히 말하면 난 배려가 깊고 너그럽고 자상한 시

어머니는 될 수 없을 것 같아. 널 사랑하는 만큼 네 아내를 사랑하는 건 아마 내겐 영원히 불가능한 일일 거야.

너도 벌써 생후 육 개월이 되었어. 네 몸무게가 얼마나 되고, 키가 얼마나 되는지 남들에게 얘기할 때마다 이 엄마는 어깨가 으쓱해지는구나. 이 엄마에게서 이렇게 젖이 많이 나오다니! 가끔은 젖소가 된 것 같은 착각이 들기도 해. 네가 백육십 번을 빨 수 있을 만큼 젖이 많이 나오거든. 네가 젖을 먹을 때 몇 모금이나 빠는지 일일이 세어봤어. 양쪽 젖을 합치면 네가 한 번에 삼백이십 모금이나 먹을 수 있는 셈이지. 네 배가 빵빵해지도록 마음껏 먹고도 남을 양이란다. 엄마 젖이 충분하다는 게 얼마나 큰 행복인 줄 아니? 너보다 두 달 늦게 태어난 아래층에 사는 동생은 그 엄마가 젖이 부족하더니 지금은 아예 젖이 말라버렸어. 어쩔 수 없이 묽은 우유를 먹이기 시작했는데 그 후론 잔병치레가 부쩍 심해지더구나. 그래서 요즘은 엄마 젖을 그 아이에게 나눠준단다. 그 아이의 이름은 샤오쫭이야. 너희 둘이 커서 형제처럼 사이좋게 의지하며 지냈으면 좋겠어. 이 엄마와 샤오쫭의 엄마 밍추이 이모처럼 말이야.

이 편지는 아주 먼 훗날 내가 세상을 떠난 후에야 네게 전해지겠지. 하지만 누가 알겠니? 생명의 비밀은 사람의 힘으로 움직일 수 있는 게 아니니까. 예기치 않은 일이 생길지도 모르지. '예기치 않은 일'이란 말을 떠올리기만 해도 이 엄마는 두렵구나. 널 낳은 다음부터 엄마는 겁쟁이가 되었어. 세상 모든 미지의 사물에 절대적인 경외심이 생기더구나. 왜냐하면 네가 태어난 후부터 엄만 죽음이 두려워졌거든. 하지만 만약에 말이야. 정말로 만약에, 어느 날 갑자기 '예기치 않은 일'이 생겨서 엄마가 세상을 떠나게 되었을 때, 아무런 준비도 없이 네게 이 말도 남기지 못하고 떠나게 된다면 엄만 죽어서도 눈을 감지 못할 것 같아.

그래서 '예기치 않은 일'과 '만약'을 위해서 엄마는 지금 쓰기 어려운 이 편지를 쓸 수밖에 없어.

우선 네 이름에 대해서 얘기해야겠구나. '샤오촨'이란 네 이름은 엄마가 직접 지은 거란다. 네 아버지를 기념하기 위해 지은 거야. 네 아버지란 바로 네 생부란다. 그는 시인이었어. 이름은 망허였어. 네가 이 편지를 읽을 때쯤이면 아마 세상에 이름을 떨치고 있거나, 아니면 이름도 소리도 없이 어딘가에 살고 있겠지. 장래에 그가 어떤 모습으로 살고 있든 네게 말해주고 싶은 건, 내가 네 아버지를 만났을 때 그는 인간의 육신을 빌려 세상에 온 신처럼 아름다웠고 태양처럼 눈부셨다는 사실이야. 그는 자기 인생의 최고 걸작을 내게 남겨주었어. 그게 바로 너란다. 그래서 엄마는 네 아버지에게 영원히 감사하는 마음을 간직할 거야. 엄마의 마음속에서 그는 최고의 시인이란다. 그는 날 시의 일부분으로 승화시켰고, 우린 아름다운 걸작을 함께 창조해냈어.

샤오촨, 나의 아들아, 네 몸속엔 시인의 피가 흐르고 있단다. 시인이란 신에게 선택받은 사람들이야. 넌 세속의 잣대로 그를 평가해서도, 세속의 가치관으로 그를 판단하거나 속박해서도 안 돼. 난 네가 이 사실을 알아주길 바라고, 또 네가 시인의 마음으로 이 세상을 느끼고 경험하길 더욱 바란단다. 그건 내 일생 동안 선망하던 일이야. 나로선 시인의 마음속에 깃든 세상이 얼마나 기묘한 모습일지 알 길이 없지만, 넌 그럴 수 있어. 넌 엄마가 들을 수 없는 소리를 들을 수 있고, 엄마가 보지 못하는 색깔을 볼 수 있어. 또 엄마가 이해할 수 없는 신의 흔적과 광채를 발견할 수 있단다. 얘야, 이건 네게 커다란 행운이자, 숙명이야.

아마도 네 아버지는 이 세상에 너라는 아들이 있다는 사실을 영원히 알 수 없을 것이고, 너도 얼굴도 모르는 아버지를 만나고 싶지 않겠지. 하지만 그렇다 해도 넌 그를 이해하고 존경해야만 해. 그가 널 이 세상에 데려다주었고, 널 창조해주었으니까 말이야. 또 그가 네 엄마에게 비밀스런 행복을 주고, 내 생애에 널 만날 수 있도록 해주었으니까 말이야. 만약 네가 이 편지를 읽거나, 또 다른 경로를 통해 네 출생에 대한 진실을 알게 된 후 네 아버지를 미워한다면, 그렇게 된다면 아마 난 네게 크게 실망할 것 같구나. 난 네가 아버지로부터 받은 낭만적이고 천진하고 선량한 시인의 천성을 가지고 있을 거라 믿어. 네 아버지와 넌 분명히 서로를 잘 이해할 수 있을 거야. 비록 마주쳐도 서로 알아보지 못하고, 이 하늘 아래 어디서 살고 있는지조차 모른다 해도, 두 사람은 서로를 누구보다 잘 이해하고 연민을 느낄 수 있을 거야. 그 옛날 이백이 가장 불행하던 시기에 두보만이 "세인들이 모두 그대를 죽이고자 해도 나만은 그가 가련한 인재라는 걸 안다네"라는 시로 어두운 세상을 한탄하고 몽매한 사람들을 일깨운 것처럼 말이야. 그건 한 시인에 대한 또 다른 시인의 절절한 애정과 연민이었어. 그건 세상 그 무엇도 초월할 수 있단다.

이젠 너의 또 다른 아버지에 대해 얘기해야겠구나. 애야, 네겐 아버지가 둘이란 걸 잊어선 안 된다. 태어나면서부터 네 곁에 있었던 아버지는 세상에 나온 널 엄마보다도 먼저 안아준 분이란다. 그는 영원히 너의 아버지야. 그는 널 진심으로 사랑해. 그 점만큼은 엄마가 누구보다 잘 알고 있어.

그가 크고 두꺼운 손으로 널 쓰다듬을 때, 한밤중에 울며 보채는 널 안고 집 안을 서성이며 알고 있는 자장가들은 모두 동원해 엉터리 자장가를 불러줄 때, 엄마가 젖이 나오지 않아 애를 태울 때 한밤중에 일어나 네게 줄 우유를 데워 행여 뜨거울까 봐 자기 손목에 한 방울 떨어뜨려 온도를 확인할 때, 그럴 때마다 이 엄마는 흐르는 눈물을 주체할 수 없었단다. 그는 아무런 거부감 없이 진심에서 우러나서 널 친자식으로 대했어. 널 얻기 전에 그에겐 타오타오〔陶陶〕란 아들이 하나 있었단다. 기쁘다는 뜻의 '러타오타오〔樂陶陶〕'라는 말에서 따온 이름이었지. 하지만 불행하게도 타오타오는 돌도 되기 전에 세균성 이질로 세상을 떠났단다. 의사의 오진으로 치료 시기를 놓치는 바람에 안타깝게 죽었다는구나. 그건 네 아버지에게 가장 가슴 아픈 일이자, 애써 숨기고 싶어 하는 말 못 할 괴로움이기도 해. 그런데 어제 학교에서 돌아와보니 네 아버지가 널 안고 창가에 서서 네 얼굴을 물끄러미 바라보고 있더구나. 그의 눈에 눈물이 그렁그렁 맺혀 있었어. 내가 조용히 곁으로 다가갔더니 네 아빠 이렇게 말했단다.

"타오타오가 다시 돌아온 것 같아……."

아빠의 뺨에서 조용히 흘러내린 눈물방울이 네 얼굴 위로 떨어졌어.

그는 널 진심으로 사랑해.

세균성 이질은 그의 인생에 도사리고 있던 가장 큰 함정이자 비극이었어. 그 그림자가 어디에나 도사리고 있을 거란 불안감이 네 아빠를 때론 신경질적으로 만들곤 해. 네 아빠 네가 쓰는 젖병, 그릇, 옷, 수건, 기저귀까지 무슨 일이 있어도 자기 손으로 씻고, 만들고, 소독해야 한다는 강박에 사로잡혀 있어. 아빠가 없을 때 내가 씻어놓을라치면 아빠는 집에 돌아와 다 끄집어내서 다시 한 번 씻고 끓인단다. 마치 내가 널 건성으로 키우기라도 하는 것처럼, 내 손에 세균이 잔뜩 묻어 있기라도 한 것처럼 말이야. 네가 먹는 과일, 닭고기, 오렌지주스까지도 네 아빠는 직접 골라서 사온단다. 네가 마시는 오렌지주스는 시중에서 파는 평범한 주스가 아냐. 네 아빠가 오렌지를 직접 짜낸 거야. 어느 날 어디서 구했는지 두꺼운 유리 절구를 들고 들어오더니 꼼꼼하게 씻고 소독해서 착즙기로 변신시켰단다. 그러고는 매일 오렌지 껍질을 벗겨 유리 절구로 조심스럽게 눌러 즙을 짜내지. 그걸 깨끗하게 삶은 거즈로 한 번 걸러내면 샛노란 오렌지주스가 완성된단다. 그게 바로 네가 마시는 주스야. 네 아빠 이걸 다른 누군가에게 맡기는 법이 없어. 무슨 일이 있어도 자기 손으로 직접 하려고 해. 다른 사람에게 맡기면 행여 위생적이지 않을까 봐 마음이 놓이지 않는다는구나. 그의 그런 결벽증이 갑갑해서 "날 『노화기』(蘆花記, 중국 명대 초기의 소설로 계모가 전처의 자식을 학대하다가 나중에 벌을 받는다는 내용)의 계모나 백설공주의 새엄마쯤으로 착각하는 건 아니에요?"라고 심통을 낸 적도 있어. 하지만 말이 떨어지기가 무섭게 난 후회하고 말았어. 그건 그에게 마음의 병이자 평생 떨칠 수 없는 공포라는 걸 알기 때문이지. 소중한 것이 순식간에 사라지고 떠나버릴까 봐 두려운 거야.

사실 이런 것들은 굳이 구구절절 설명할 필요도 없겠지. 네가 커갈수록 스스로 아버지의 한없는 사랑을 느낄 수 있을 테니 말이야. 내가 이렇게 편지로 남겨놓는 건 네가 기억하지 못하는 시절에 일어난 일을 기록해두려는 것이야. 널 대신해 네 기억을 완성해주려는 거지. 네가 엄마의 말을 잘 이해했으리라 믿어. 앞으로 무슨 일이 생기든, 설령 하늘이 무너져 내린다 해도, 또 네가 앞으로 어떤 '대단한 인물'이 되든 간에, 저우샤오촨 넌 기억해야 해. 저우징옌은 누가 뭐래도 영원한 너의 아빠이며 아버지이고, 가장 가까운 피붙이라는 사실을!

사랑하는 아가야, 엄마는 이 편지를 쓰는 동안 마음이 아주 평온해졌단다. 지금 이 고요한 밤처럼 말이야. 너와 네 아빠가 나란히 잠들어 있구나. 너의 새근새근하는 숨소리와 아빠의 코 고는 소리가 사이좋게 장단을 맞춰 울리고 있어. 그 어떤 교향곡도 이 소리만큼 평화롭진 못할 거야. 구월이 되니 이 도시도 가을빛으로 물들어가는구나. 이맘때가 한 해 중 가장 아름답단다. 수양버들이 노랗게 물들고, 머지않아 은행나무에도 노란 단풍이 들겠지. 언젠가 단풍이 지는 계절에 들판의 큰길을 걷다가 금방 세수를 마친 듯 청신한 하늘 아래 황금빛 수양버들이 한들거리고 샛노란 은행잎이 팔락이며 네 발등으로 내려와 앉는다면, 넌 그 순진무구하고 눈부신 아름다움에 깊이 매료되겠지. 그리고 어떤 사람들은 왜 평생토록 그런 순수한 길만 걷고 싶어 하는지 이해할 수 있을 거야. 바로 네 생부처럼 말이지.

1983년 9월

엄마가

천상은 이 편지를 아무런 무늬도 없는 크라프트지 봉투에 넣고 봉투 위에 이렇게 적었다.

'나의 아들 샤오촨에게.'

이튿날 그녀는 이 편지를 아래층의 밍추이에게 건넸다.

"네가 내 금고가 되어줘야겠어. 날 대신해서 이 편지를 잘 간직해줘. 만약 내게 무슨 일이 생겨 세상을 떠나게 된다면 네가 적당한 때에, 예를 들면 샤오촨이 대학에 입학하거나 열여덟 살 생일 같은 때에 네 손으로 직접 샤오촨에게 이걸 전해줘."

밍추이가 이맛살을 찌푸리며 퉁바리를 놓았다.

"퉤! 퉤! 퉤! 아침 댓바람부터 무슨 그런 끔찍하고 재수 없는 소릴 하는 거야?"

밍추이는 마뜩찮은 표정으로 천샹의 편지를 받아들었지만, 봉투를 위아래로 훑어보다가 이내 다시 건넸다.

"역시 받지 않는 게 좋겠어. 어쩐지 유서 같아서 꺼림칙해. 무슨 근거로 내가 너보다 오래 살 거라고 단정하는 거야? 내가 너보다 생일도 몇 달 빠르잖아!"

하지만 천샹은 편지를 받지 않고 밍추이의 눈을 똑바로 쳐다보며 말했다.

"너밖엔 부탁할 사람이 없어. 그리고 네가 나보다 먼저 죽을 만큼 무정한 친구가 아니란 걸 알아. 내 말대로 해줘."

밍추이가 어쩔 수 없다는 듯 웃었다. 이 편지 속에 어떤 내용이 들어 있을지 그녀도 대강 짐작했기 때문에 더 이상 거절하기 힘들었다.

"좋아. 너처럼 막무가내인 아이는 정말 처음이야. 염라대왕인들 거절할 수 있겠니? 네 말대로 할게. 하지만 내일 나도 유서를 써서 가져다줄 테니까 네가 가지고 있어. 그래야 공평하지 않겠어?"

밍추이는 웃었지만 눈시울이 붉어지고 가슴이 먹먹해졌다.

제 3 장

봄바람에 유리기와 깨지네

1. 풍경

옌먼관〔雁門關〕으로 나가 서쪽으로 가다 보면 쉬 현〔朔縣〕이라는 곳이 나오고, 거기서 북쪽으로 방향을 틀어 조금 더 가면 핑루 현〔平魯縣〕이었다. '해머'라는 미국인이 중국 회사와 함께 개발한 대규모 노천 광산이 바로 이 두 현의 중간에 있는데, 정식 명칭은 핑쉬〔平朔〕 노천 광산이었다. 중국 최대 규모의 이 노천 광산을 개발하기 위해 몇 개 마을이 통째로 이주했고, 광산을 개발하는 도중에 거대한 한나라 고분군이 출토되었다. 이 비옥하고 광활한 석탄 밭 위에서 이 땅의 먼 조상들이 고이 잠들어 있었던 것이다.

한나라 고분군이 출토된 사건은 그 방대한 규모로 인해

고고학계를 흥분시켰다.

 1985년 봄 예러우가 이곳에 도착했을 때는 한나라 고분 발굴 작업이 한창 진행되고 있었고, 한편에 있는 노천 광산 부지에서도 건설 작업에 여념이 없었다. 기계 돌아가는 굉음이 밤낮없이 끊이지 않고 매캐한 흙먼지가 길을 자욱하게 뒤덮었다. 출토된 유물의 일부는 '충푸쓰〔崇福寺〕'라는 절로 옮겨졌다. 황량하게 잡초만 무성하던 절의 앞뜰에 유물 복원실이 마련되었다. 인근 마을 주민의 주선으로 예러우도 복원 작업을 참관할 수 있도록 허락받았다. 그녀는 부서진 도기 조각이 수북이 쌓인 더미들 사이에서 불가사의한 신비감을 느꼈다. 비록 온전한 형체가 남아 있는 것은 하나도 없지만 이천 년 넘게 땅속에 잠들어 있던 도기 조각들이 박물관에 전시된 완전한 유물들보다 훨씬 더 사람을 전율시켰다. 보는 것만으로도 가슴이 저릿저릿하게 강한 음기가 느껴졌다. 다시는 형태를 가진 사물로 돌아갈 수 없는 육신을 벗어난 영혼처럼, 역사의 원혼처럼 처연한 아름다움이 흘렀다.

 충푸쓰에는 관람객이 하나도 없었다. 절 안에 가장 유명한 전각인 불타전(佛陀殿)은 금나라 때 지어진 것으로 지금까지 한 번도 중수나 복원이 이루어지지 않아서인지 오래된 인자(人字)형 들보가 그대로 유지되어 있었다. 용마루에 얹힌 다른 곳에서는 흔히 볼 수 없는 채색된 흙인형 위로 수백 년 세월의 더께가 켜켜이 내려앉아 있었다. 토우들은 머리 위로 산산이 부서져 내린 이십 세기 햇빛의 무게를 감당하지 못하고 당장이라도 바스러져 먼지로 산화될 것 같았다. 하지만 황량한 벌판 위에 우뚝 선 사찰의 고색창연한 모습에서 범접할 수 없는 엄숙함과 존엄함이 느껴졌다. 들비둘기들이 처마 밑에 둥지를 틀고 들락거리고, 널따란 돌계단 위로 새똥이 두껍게 쌓여 있었다. 전각 안 한쪽 벽에는 수백 년 전 그려진 벽화가 보존되어 있었는데, 빛은 바랬지만 예사롭지 않은 기묘한 문양으로 장식된 부처의 후광이 화려했던 과거를 말해주고 있었다.

수백 년 세월이 똬리를 튼 채 단단히 응고되어 있었다.

일주일밖에 되지 않았지만 예러우는 부쩍 야위어 보였다. 해쓱해진 얼굴에서 냉정하고 엄격한 표정이 언뜻언뜻 스쳤다. 그녀는 스스로에게 긴장과 엄격함을 강요하고 있었다. 전각 지붕 위로 저녁놀이 비낄 무렵 그녀는 조용히 하던 일을 멈추고 아무도 없는 대전으로 살며시 들어가 부처 앞에 무릎을 꿇었다. 저무는 해가 부처의 자비로운 손길처럼 등 뒤에서 그녀를 어루만졌다. 그녀는 두 손을 합장하고 고개를 들어 부처의 온화한 얼굴을 바라보았다. 그녀의 눈에 고여 있던 물기가 귓가로 주르르 흘러내렸다.

그녀는 무릎을 꿇은 채 소리 없는 눈물만 흘렸다. 모든 것을 꿰뚫어보는 자애로운 두 눈이 자신을 넌지시 내려다보고 있는 것 같았다. 순간 그녀에게는 그 어떤 속세의 갈망도, 아무런 기대나 소망도 없었다. 매일 그녀를 고통스럽게 하는 모든 것, 행복하고도 수줍었던 그날 밤, 미친 듯 몰아치다가 이내 환영처럼 깨어진 그 몽롱한 격정, 한 사람에 대한 절망, 그러면서도 떨치려야 떨칠 수 없는 그리움까지 들비둘기처럼 그녀의 육신에서 날아가버렸다. 그녀를 둘러싼 주위가 차분히 가라앉았다. 시간의 흐름에서 벗어난 듯한 신비로움을 느꼈다. 비록 아주 짧은 순간의 고요함이었지만, 젊은 예러우로서는 신에게 가장 가까이 다가간 순간이었다.

이젠 혼자서도 길을 떠날 수 있을 것 같았다.

어둠이 채 가시지 않은 이른 새벽 현에서 내어준 지프차를 타고 핑루 현 안타이바오〔安太堡〕라는 마을에 도착했다. 저우시커우의 주요 이동 노선 가운데 두 가지 노선이 이곳을 경유했다. 하나는 서쪽으로 향해 가다가 허취〔河曲〕에서 배를 타고 황허를 건너는 경로이고, 다른 하나는 계속 북쪽으로 향하다가 여우위 현〔右玉縣〕에서 사후커우〔殺虎口〕로 나가는 경로다. 나는 둘 중에 후자를 선택했다.

안타이바오도 머지않아 사라질 마을이다. 마을에서 내게 마련해준 숙소는 큰 도로변에 위치해 자동차들이 왱왱거리며 지나가는 소리가 쉬지 않고 들렸다. 도로 건너편에서는 펑쉬 노천 광산 건설 작업이 한창 진행 중이고, 그 뒤로 혜이퉈 산〔黑駝山〕의 완만한 윤곽이 보였다. 뿌연 흙먼지 사이로 산 위의 부서진 채 방치된 봉화대가 눈에 들어왔다. 봉화대는 변방의 고독한 시처럼 세월의 무게를 꿋꿋이 떠받치고 있었다.

쓸쓸한 풍경에 나도 모르게 콧잔등이 시큰해졌다.

마을 간부는 몹시 바쁘다더니 아침나절엔 바닥에 쭈그려 앉아 햇살을 음미하며 노닥거리고 있었다. 점심 무렵 농기계관리국 사람들이 현에서 파견 나오자 촌장은 그들을 위해 술자리를 마련했다. 그들은 고량주가 아니라 맥주 여남은 병을 비워가며 화권놀이(술자리에서 숫자를 외치며 손가락으로 하는 벌주 마시기 놀이)를 즐겼다. 맥주잔을 가운데 놓고 '오괴수(伍魁首)야', '사계재(四季財)야' 구령을 외치며 왁자하게 떠드는 모습이 나로서는 매우 뜻밖이었다. 내가 사는 내륙의 대도시에서도 바로 최근까지 맥주를 '말 오줌'이라고 부르며 거의 마시지 않았는데, 이곳에서는 맥주가 이토록 일상화되어 있다니. 아마도 외국 기업의 광산 개발이 가져온 변화인 듯싶다.

숙소 밖에서 작은 소녀가 푸르스름한 돌 탁자 옆에 쪼그리고 앉아서 '괴잡기놀이(우리나라의 공기놀이와 비슷한 놀이)'

를 하고 있었다. 놀이에 열중한 소녀의 표정이 짐짓 진지했다. 양의 복사뼈로 만든 괴를 던졌다 잡고, 다시 던졌다 잡는 손놀림이 여간 능숙한 게 아니었다. 네 개의 괴가 소녀의 작은 손끝에서 현란하게 공중제비를 넘었다. 토굴의 열린 문 틈으로 소녀의 노는 모습을 지켜보고 있노라니 눈시울이 뜨뜻해졌다. 어릴 적 나도 했었던 그 오래된 놀이가 도시에서는 자취를 감춘 지 이미 오래다. 언제부터 보이지 않게 되었는지조차 기억나지 않는다.

오후에는 한 민가를 방문했다. 집주인은 황(黃) 씨 성을 가진 사람으로 본명은 황춘허우〔黃存厚〕이고, 아명은 류건〔留根〕이었다. 젊은 시절 북쪽 변방에 다녀온 경험이 있다고 했다. 그의 토굴 앞마당에서 청년 몇 사람이 사륜차를 수리하고 있는 탓에 어수선하고 소란스러웠다. 사실 어수선하고 소란스럽기는 안타이바오 마을 어디를 가나 마찬가지였다. 토굴 내부는 비교적 깨끗하고 깔끔했다. 습기가 배어 나오는 걸 막기 위해 구들 위에 기름 먹인 천을 깔아놓아 구들 전체가 반질반질 윤이 났다. 천 위에 푸른 풀밭에 핏빛 농염한 목단이 탐스럽게 피어 있고 울긋불긋한 나비가 날아다니는 그림이 그려져 있었다. 주인은 날 위해 구들에 자리를 내어주었다. 주인의 성의를 사양할 수 없어 신발을 벗고 올

라가 앉은뱅이 탁자 앞에 책상다리를 하고 앉았지만, 나의
앉은 모양새가 엉거주춤하고 우스꽝스럽다는 걸 나도 알고
있었다.

촌장은 나를 데려온 이유만 간단히 설명하고는 다른 일이
있다며 총총히 나가버렸다. 그때부터 나의 질문이 시작되었
다. 하지만 이 나이가 먹도록 현지답사는 처음이라서 어디서
부터 어떻게 시작해야 하는지도 모르고, 서두를 어떻게 풀어
나가야 하는지도 몰라 단도직입적으로 본론부터 꺼냈다.

"노인장께선 몇 세 때 변방에 가셨나요?"

주인장이 잠시 멈칫했다가 대답했다.

"스물세 살쯤이었소."

"옛날이야기를 들려주듯 그때 이야기를 해주실 수 있나
요? 편하게 생각나시는 대로 얘기하시면 돼요."

"소작 농사도 짓고 남의 밑에서 잡부로 일도 하고 그저
닥치는 대로 굴러먹은 거라 딱히 말할 것도 없수다."

다른 사람의 인생으로 들어가는 길이 아무리 하찮은 잡초
덤불 속에 숨어 있다고 해도 성급하고 우악스럽게 잡초를
짓밟는 것은 경박한 짓이며 역사에 대한 모독이다. 인터뷰
가 막바지에 다다를수록 그 사실이 점점 더 뚜렷해지면서
자책감도 커졌다. 인터뷰 대상과 처음 마주했을 때 '가치 있

는’ 단서나 이야기를 얻어내고 싶은 마음이 앞서 상대의 인생을 존중하지 못했다는 후회가 밀려왔다.

내가 말했다.

“저우시커우에 대한 민가들을 보면 여자가 떠나는 남자를 배웅하며 신신당부하는 내용이 대부분이에요. 스물셋에 떠나셨다면 혼인을 하신 후였겠죠?”

주인장은 대답을 잊은 듯 먼산바라기를 하며 뻐끔뻐끔 담뱃대만 빨아댔다. 내겐 매우 익숙한 ‘샤오란화〔小蘭花〕’라는 담배 냄새였다. 주인은 한참 만에야 짙은 샤오란화 냄새를 풍기며 한 여인에 대한 이야기를 꺼냈다. 주인장은 변방으로 떠날 당시 갓 혼인한 아내와 함께였다고 했다. 아내의 이름은 ‘얼뉘〔二女〕’였고 방년 열아홉이었다. 아내는 변방에 도착한 지 얼마 되지 않아 맏아들을 낳았다. 그런데 아들이 태어난 지 얼마 되지 않아 고된 타향살이를 견디지 못한 아내가 병에 걸려 급사하고 말았다. 그는 아내를 땅에 묻고 핏덩이를 남의 집에 맡긴 채 닥치는 대로 잡부로 일하며 양식을 벌었다. 황소 한 마리를 줄 테니 아들을 달라는 뜻밖의 제안을 받은 적도 있지만 죽어도 못 준다고 딱 잘라 거절했다고 했다.

“마누라를 얻는 게 무엇 때문이겠소? 내 핏줄을 잇기 위한 게 아니겠소?"

주인은 담뱃대로 신발 바닥을 탁탁 두드리며 말했다.

나는 조급하게 채근했다.

"그래서 어떻게 됐나요?"

"어떻게 되긴? 아들을 데리고 젖동냥을 해가며 돌아왔수다."

"그다음에는요?"

왠지 이야기가 그대로 끝나지 않았을 것 같았다.

과연 나의 예감이 들어맞았다. 주인은 이십오 년 후 성인이 된 아들과 함께 변방으로 가서 붉은 포대에 아내의 유골을 수습해 가지고 돌아왔다. 하지만 아내의 유골을 조상 묘에 안장하지는 못했다. 그녀가 뼛조각만 남은 고단한 육신을 조상 묘에 누이기 위해서는 아직도 더 기다려야 했다. 그녀의 남편이 죽어서 묘에 들어갈 때 합장해야 했던 것이다. 물론 그녀의 남편은 이미 오래전에 새로 아내를 얻어 자식을 낳고 살고 있었다. 새 아내는 왕펀샹〔王粉香〕이라는 과부였다.

그 이야기를 하는 동안 왕펀샹은 구들 아래 서서 손님의 찻잔에 더운물을 부어주고 있었다.

오 분도 안 되는 시간이었지만, 황춘허우 또는 류건이라

불리는 그 노인은 자신의 반평생을 담담하게 풀어놓았다. 더 이상 그 후의 이야기를 물어볼 수 없었지만 그것만으로도 나를 깊이 감동시켰다. 그 담담한 술회 속에 얼마나 거칠고 사나운 풍랑과 뼈에 사무친 고통이 숨겨져 있는지 충분히 느낄 수 있었다. 내가 소설가가 아니라는 사실이 원망스러웠다. 만약 소설가여서 그가 어린 아들을 품에 안고 산전수전 겪으며 고향으로 돌아오던 과정을 소설로 써낸다면 『오딧세이』도 부럽지 않은 대서사시가 될 것 같았다. 한 남자의 투박하지만 속 깊은 정과 오랜 세월이 흘러도 내려놓지 못한 마음의 짐이 이십오 년이 지난 후 아들로 하여금 어머니의 유골을 찾아오도록 한 것이다. 이십오 년 전 허허벌판에 엉성하게 만들어놓은 무덤을 찾는다는 게 얼마나 힘든 일이었을지 짐작하고도 남았다. 만삭의 몸으로 남편을 따라 타향살이를 하며 천신만고를 겪었을 얼뉘는 분명히 남편이 평생 잊지 못할 아름다운 눈을 가지고 있었으리라…….

왕펀샹이 다가와 말없이 나의 찻잔에 물을 부어주었다. 미소가 따뜻한 아낙이었다.

그때 문에 걸린 발을 들추며 한 노인이 들어왔다. 작달막한 키에 등이 약간 구부정했다. 그는 들어오자마자 자연스럽게 구들 위로 올라와 물담배에 불을 붙였다. 담뱃대에서 꾸르륵꾸르륵 소리가 나더니 또 다른 담배 냄새가 허공으로 번졌다. 황 씨 집안의 친척이라고 짐작했는데 알고 보니 이웃에 사는 노인이었다. 이 집의 단골 마을꾼이라고 했다. 그의 벌거벗은 발바닥에 숯처럼 시커먼 진흙이 잔뜩 묻어 있는 걸 보니 일을 하다 온 것 같았다. 이야기를 나누는 동안 젊은 남녀 몇 명이 하나둘씩 들어와 구들 주변을 에워쌌다. 방금 전 마당에서 사륜차를 수리하던 젊은이들이었다. 그중 두 명은 황춘허우와 왕편샹의 아들이었다.

이웃 노인에게 성씨를 물었지만 노인은 내 말을 제대로 알아듣지 못했다. 황 노인이 내 물음에 대신 대답했다.

"이 양반은 이 씨라오."

노인은 그제야 알아듣고 날 향해 손을 내밀더니 바싹 마른 나뭇가지 같은 두번째 손가락으로 허공에 뭔가 그렸다. '아홉 구(九)' 자였다.

"구대째라우."

노인은 그제야 입을 열었다.

"우리 이 씨 집안이 안타이바오에 정착해서 벌써 구대째 살고 있지. 아, 그런데 이번엔 아주 뿌리째 뽑아가지고 떠나게 생겼수. 죽은 사람이고 산 사람이고 모조리 짐을 싸야 한다는구먼.”

노인이 내게 ‘이주’ 문제에 대해 이야기하고 있다는 걸 알았다. 사실 ‘이주’는 요즘 안타이바오 주민 전체의 최대 관심사였다. 그도 그럴 것이 생존과 직결되고, 이곳 주민들, 더 나아가 마을 전체의 운명과 흥망이 달린 일이었다. 문득 나의 방문이, 이 민폐가 굉장히 시의적절하지 못하다는 것을 깨달았다. 이 마을에는 사람만 살고 있는 것이 아니었다. 각 집안의 무덤이 있고, 우다오 묘〔伍道廟〕와 룽왕 묘〔龍王廟〕 같은 사당도 있다. 무덤 안에는 이 땅의 조상이 잠들어 있고, 사당에는 혼백들이 깃들어 있다. 이것이 바로 이 마을 노인들의 가장 큰 근심거리였다.

이 씨 노인의 며느리는 얼마 전 흙을 파내는 기계에 깔려 비명횡사했다. 그런데 이 지방 풍습에 따르면 억울하게 죽은 혼백은 조상 묘에 들어갈 수 없다. 유일하게 조상 묘에 안장될 수 있는 방법은 조상 묘 전체를 이장하는 것이다.

이 씨 노인은 요즘 그 일로 골머리를 앓고 있다고 했다.

하지만 젊은이들은 조상 묘 같은 건 안중에도 없는 것 같았다. 옆에 있던 젊은이가 뜬금없는 질문을 내게 던졌다.

“기자님, 홍콩에 가보셨나요?”

나는 고개를 저으며 기자가 아니라고 알려주었다.

"그럼 승려는요? 승려를 본 적이 있나요?"

나는 고개를 끄덕였지만, 속으로는 화제가 홍콩에서 어떻게 난데없이 승려로 건너뛸 수 있는지 의아했다.

"승려를 본 적은 있어요. 비구니도요. 우타이 산(伍台山)에 갔을 때 보았죠."

'우타이 산'이라는 말에 젊은이들이 갑자기 술렁이기 시작했다. 아니, 젊은이들만이 아니라 구들에 앉아 있던 두 노인과 노부인의 얼굴에도 상기된 빛이 떠올랐다. 다들 앞다투어 내게 우타이 산에 대한 질문을 한꺼번에 쏟아냈다. 촌위원회에서 며칠 후 촌민들을 모아 우타이 산으로 단체 여행을 보내줄 예정이었던 것이다. 이 역시 내게는 무척 의외였다.

이주와 여행, 이 두 가지 가운데 어떤 것이든 그들에게는 옛일을 회고하는 것보다 더 중요했다.

오늘 밤에도 공사장에서는 대낮처럼 환히 불을 밝힌 채 공사가 계속되고 있다. 공사장으로 이어진 도로 위를 거대한 공사 차량들이 굉음을 내며 그 뜨겁고도 외로운 불빛을 향해 쉼 없이 내달린다. 내가 지금까지 거쳐 온 곳들 가운데 가장 어수선하고 시끄러운 산촌의 밤이다.

오늘 밤 이 마을에서는 아무도 잠들지 못할 것 같다.

3. 베이구 산, 펑황청, 그리고 훙정롄

옛날에는 펑루 성을 봉황성이라고 불렀다. 베이구 산〔北固山〕에 올라 산 아래를 굽어보면 바로 그 '봉황'의 모습을 볼 수 있다. 남문은 봉황의 머리가 되고, 좌우에 하나씩 자리 잡은 우물은 봉황의 눈이며, 양쪽 가장자리에 완만하게 이어진 야트막한 언덕이 봉황의 날개를 이룬다. 베이구 산은 봉황의 꼬리이고, 산 뒤편에 있는 성벽은 하늘을 향해 도도하게 치켜 올린 꼬리의 끝이 된다.

동, 서, 남 세 방향으로 성문과 성벽의 설핏한 윤곽이 보이고, 더 먼 곳으로 시선을 옮기면 명나라 때 옛 만리장성의 부서진 잔해가 산세를 따라 구불구불 이어져 있다.

1980년대 중반까지도 사람들은 진(鎭) 정부를 습관적으로 '공사(公社, 1958년 설립되어 1981년 폐지된 중국 농촌의 사회생활 및 행정조직의 기초단위)'라고 부르고 있었다. 훙징톈(洪景天)은 이 '공사'에서 선전 업무를 담당한 간부였다. 사실 훙징톈이라는 이름은 그의 본명이 아니라 직접 지은 필명이었다. 훙징톈은 시인이기도 했다. 그의 시가 얼마 전에도 이 지역 잡지에 발표되었고, 그중 몇 작품은 현지 성은 물론 인근 성의 성급 간행물에도 실렸기 때문에 이 마을에서만큼은 그도 대단한 유명 인사였다.

'훙징톈'이라는 이름은 원래 약재의 명칭이다. 하필이면 왜 약재의 이름을 필명으로 정한 걸까? 그건 바로 그의 할아버지의 약방문에서 비롯되었다. 그의 할아버지는 이 마을의 의원으로 오래전에 돌아가셨는데, 어려서부터 할아버지 곁에서 자란 그는 할아버지에 대한 정이 각별했다. 어느 날 옛날 물건을 정리하던 중에 해지고 낡은 『탕두가결(湯頭歌訣)』이라는 책 속에서 우연히 종이 한 장을 발견했다. 누렇게 바래고 모서리가 너덜너덜한 종이였다. 자세히 읽어보니 약재를 처방한 약방문이었다. 또박또박 꼼꼼하게 적어놓은 필체에서 할아버지의 친필이라는 걸 대번에 알아볼 수 있었다. 누굴 위한 약방문일까? 이게 왜 책갈피에 끼워져 있는 걸까? 아무리 생각한들 해답을 얻을 수는 없었다. 그는 오랫동안 약방문을 물끄러미 들여다보았다. 연교(連翹), 금은화(金銀花), 광곽향(廣藿香), 판람근(板藍根) 같은 익숙한 이름들 사이에서 생소한 이름 하나가 툭 불거져 나왔다.

'홍경천(紅景天).'

그의 필명은 그렇게 탄생했다. 할아버지를 기리는 뜻이었다.

그날 저녁 해가 기울 무렵 홍징텐이 투박한 사기대접을 들고 식당으로 향하고 있었다. 널찍한 '공사'의 뜰을 지나는데 한 남자가 뜰을 가로질러 다가오고 있는 것이 눈에 들어왔다. 배낭 한 자루 어깨에 메고 손에 캔버스 천으로 된 여행 가방을 든 여행객 차림이었다. 도시에서 오는 장거리 버스가 정류장에 도착할 시간이었다. 남자가 다가와 물었다.

"말씀 좀 묻겠습니다. 여기에 홍징텐 씨라고 계신가요?"

낯선 이의 예고 없는 방문에 홍징텐은 약간 놀랐다.

"제가 바로 홍징텐입니다만."

"오, 역시 제 예상이 맞았군요. 한눈에 알아보았습니다. 전 망허라고 합니다."

"누구요? 망허 선생이라고요?"

홍징텐이 거의 환호에 가까운 말투로 반문했다.

"제가 잘못 들은 건 아니겠죠? 망허 선생! 어떻게 이런 일이! 정말 반갑습니다! 아침부터 창밖에서 까치가 울어대더니 선생께서 오시려고 그랬군요! 이리 오세요. 우선 제 숙소에 짐을 놓고 식사부터 하러 가시죠."

그 여행객이 살던 시대에는 흔히 볼 수 있는 풍경이었다. 번화한 도시든, 한갓진 시골 마을이든, 변두리 외딴 마을이든, 어디를 가든 멀리서 온 나그네 시인이 시를 매개로 생면부지의 또 다른 시인과 조우한다는 건 언제나 반갑고 기쁜 일이었다. 이것이 바로 그 시대의 낭만이요, 고결함이요, 순수함이었다. 그때 시인들은 대부분 방랑객이었다.

그날 밤 망허는 공사의 마당 안에 있는 홍징텐의 숙소에서 묵었다. 입구에 벽돌을 쌓고 석회를 하얗게 바른 깔끔한 토굴식 가옥이었다. 내부에는 커다란 구들이 토굴 면적의 절반을 차지하고 있었다. 석탄으로 아궁이에 군불을 지폈기 때문에 한 귀퉁이에 석탄 더미가 쌓여 있었다. 새까만 석탄에 은빛 비늘이 자라난 듯 결을 따라 반짝였다. 홍징텐은 타닥타닥 타고 있는 아궁이 속으로 연신 석탄 덩어리를 던져 넣었다. 따끈한 구들이 나그네의 노곤한 몸을 달래주었다. 두 사람은 앉은뱅이 탁자를 사이에 두고 앉아 술잔을 주고받으며 두런두런 이야기를 나누었다. 서로의 시에 대한 것에서부터 각자 좋아하거나 싫어하는 시인에 이르기까지 화제가 시의 범주에서 벗어나지 않았다. 토굴 밖에 저녁 어스름이 내려앉을 무렵 스산한 바람이 일기 시작했다. 하늘이 어두워질수록 바람은 점점 거세져 나중에는 휭휭 소리를 내며 거칠게 몰아쳤다. 목청이 터지도록 새된 소리로 포효하는 광풍에서 궁지로 내몰린 동물과 같은 말 못 할 처량함과 애절함이 느껴졌다. 두 사람은 술기운을 달랠 겸 밖으로 나왔지만 휘몰아치는 바람에 똑바로 서 있기도 힘들었다. 망허가 탄성을 질렀다.

"어이쿠, 바람 한번 사납군요."

홍징톈이 바람 소리를 뚫고 큰 소리로 대답했다.

"원래 봄바람에 유리기와가 깨진다고 하지 않습니까?"

'봄바람에 유리기와 깨진다.' 이 지역의 속담이었다. 그렇긴 해도 올해는 날이 가물어 바람이 유난히 더 기세등등했다. 겨우내 눈이 한 차례도 내리지 않더니 봄이 되어도 비 한 방울 구경할 수 없었다. 노인들은 "네놈들 하고 다니는 꼬락서니를 보면 흰 쌀밥을 먹어도 모래알 같아 목구멍에 넘어가질 않아! 그러니 흉년이 오지 않고 배기겠느냐?"라며 젊은이들에게 애먼 화풀이를 해댔다.

혹자는 북과 징을 두들기며 한바탕 질펀하게 놀아줘야 비가 내릴 거라고도 했다.

그날 밤 망허는 구들 위에 모로 누운 채 거의 뜬눈으로 지새웠다. 광풍이 나무 창문을 두드리며 웅웅 울부짖었다. 수천 년 전 망령들이 깨어나 통곡하는 것 같았다. 옛 성벽 밖은 분명히 그 옛날 무수한 병사와 말들이 스러져 백골이 된 전쟁터였을 것이다. 험준한 산등성이 저편 황야에 역대 전쟁에서 무참히 도륙된 가엾은 망령들이 고향 땅으로 돌아가지 못한 채 떠돌고 있을 거라 생각했다.

망허가 나지막이 읊조렸다.

"가련하구나, 무정하(無定河) 물가의 백골들이여. 아직도 봄날 규방 여인의 꿈속에서 그리는 임이려니〔당나라 시인 진도(陳陶)의 「농서행(隴西行)」 중 한 구절〕."

그때 갑자기 구들 저편에서 줄곧 소리 없이 누워 있던 홍징텐의 목소리가 들렸다.

"제가 한번 맞춰볼까요? 선생께서 이곳에 오신 이유가 따로 있지요?"

망허는 아무 대답도 하지 않았다.

창밖에서 와르르 쾅쾅 뭔가 부서지는 소리가 들렸다. 아주 멀리에서 광풍이 날카롭고 구슬픈 울림을 만들어냈다. 얼핏 늑대의 처량한 울부짖음처럼 들리기도 했다.

"방금 그 소리 들으셨어요? 늑대 울음소리겠죠?"

망허는 동떨어진 질문으로 대답을 피했다.

"아마 바람 소리일 겁니다. 요즘은 늑대 구경하기가 하늘의 별 따기죠."

"그렇군요. 늑대가 죽으면 인간으로 환생한다던데 제가 바로 전생에 늑대였지 싶군요."

망허가 피식 소리 없이 웃었다.

대답 없이 듣고만 있는 훙징톈에게 망허가 물었다.

"만약 전생이 있다면 선생은 무엇이었을 것 같습니까?"

"글쎄요."

훙징톈이 골똘히 생각에 잠겼다.

"아마도 약초였을 겁니다. 홍경천 말입니다……. 늑대인 선생님이 상처를 입었을 때 제가 치료해드렸겠지요."

그날 저녁 망허는 훙징톈으로부터 필명의 유래를 들은 바 있으므로 그 말에서 각별한 온정이 느껴졌다. 망허의 가슴 속에 물결이 일렁이기 시작했다. 그는 바람 소리에 제압당한 칠흑의 어둠 속에서 떠오른 시상들을 천천히 읊어 내려갔다.

"색 바랜 종이 위에 홍경천이 있었네/왼쪽에선 금은화가 요염한 기생처럼 선들선들 춤을 추고, 오른쪽에선 관중이

강호의 협객처럼 그림자도 비치지 않고 종횡무진 한다네/
할아버지, 당신은 쇠처럼 단단하고 돌처럼 차디찬 세월은
거두어 감추고/제겐 온후한 치료만 들려주셨군요……."

홍징톈은 묵묵히 듣기만 했다. 자기도 모르게 눈물이 볼
을 타고 흘러내렸다. 광풍이 몰아치는 가문 봄날의 이 밤이
그에게 죽을 때까지 간직할 귀중한 추억이 될 것이었다. 평
생 처음으로 자신을 위해 시를 지어주는 벗을 만났으므로.

"망허 선생—"

불러놓긴 했지만 막상 무슨 말을 해야 좋을지 알 수 없었
다.

망허가 오랜 침묵을 깨고 입을 열었다. 이유는 알 수 없지
만 그의 목이 잔뜩 잠겨 있었다.

"선생 말이 맞아요. 누군가를 기다리기 위해 여기에 온 겁
니다. 내 운을 시험해볼 생각입니다."

그는 그녀가 어떤 노선을 택할지 알지 못했다. 허취 바오
더(保德)에서 황허를 건너든가, 여우위에서 사후커우로 나
가든가 둘 중 하나일 것 같았다.

막막한 안개 속에서 망허는 어떤 목소리를 들었다. 그 목
소리는 멀어졌다 가까워지고, 또렷해졌다 아련해지기를 반

복하며 "사후커우, 사후커우, 사후커우……"라고 그의 귀에 속삭이고 있었다. 그렇게 해서 그가 선택한 곳이 핑루의 옛 성이었다. 핑루는 사후커우로 가려면 반드시 거쳐야 하는 길목이었다. 게다가 그곳은 옛날 저우시커우의 주요 경로 위에 위치한 요충지였기 때문에 사후커우로 가려면 이곳을 지나칠 수 없을 거라 판단했다. 지금 그는 이 오래된 고성을 지키며, 헤어진 가족과의 상봉을 염원하듯 가슴 아픈 재회를 기다리고 있는 것이었다.

행운이라면 이곳에 훙징텐이라는 시인이 있다는 점이었다.

이튿날 이른 아침 훙징텐은 망허를 데리고 식당에 가서 아침식사를 했다. 공사의 마당에 있던 벽돌 굴뚝이 간밤의 광풍을 견디지 못하고 고꾸라져 있었다. 식사를 하러 온 사람은 그들 두 사람 외에는 부진장(副鎭長) 한 사람뿐이었다. 부진장은 안경을 걸쳐 쓴, 아직 학생 티를 벗지 못한 앳된 인상이었다. 주방장은 그들에게 황금빛 좁쌀죽을 한 사발씩 담아주면서 부진장에게 수다스럽게 지껄여댔다.

"요란스럽게 한바탕 놀아줘야 한다니까요. 그러기 전엔 비 구경 하긴 글렀어요. 큰북, 작은북 죄다 동원해서 소란을 떨어줘야 하늘이 기겁을 해서……."

부진장이 시답잖다는 듯 대꾸했다.

"어리석은 소리요."

아침을 먹은 후 훙징톈은 망허를 데리고 베이구 산에 올랐다.

바람이 멎고 퇴락한 잿빛 도시가 그림처럼 또렷하게 시야에 들어왔다. 망허는 속으로 적잖이 놀랐다. 이토록 영락하고 황폐해졌음에도 이토록 오만하고 위엄 있는 곳은 일찍이 본 적이 없었다. 눈길이 가닿는 곳마다 동강 난 성벽과 무너져 내린 돌무더기가 그대로 버려져 있고, 건물이라고 이름 붙일 수 있는 것들은 모조리 군데군데 허물어진 채 암회색 나신을 그대로 드러내고 있었다. 하지만 긴 세월의 풍파를 견뎌온 늠름함과 웅혼한 위엄이 쇠락한 도시 전체를 감싸고 있었다. 뿐만 아니었다. 이곳에 사는 사람들의 얼굴에서도 고결한 자존심 같은 것이 풍겼다. 그 도도함은 훙징톈의 눈동자 속에서도 반짝이고 있었다. 훙징톈은 망허에게 이 작은 도시의 '과거' 모습을 묘사해주었다. 곳곳에 '과거'의 영광과 화려함을 간직한 그곳은 한마디로 추억을 간직한 도시였다.

옛날 베이구 산에는 크고 작은 절과 사당이 많았다. 위황 묘〔玉皇廟〕, 우다오 묘, 나이나이 묘〔奶奶廟〕, 라오예 묘〔老

爺廟〕등등 온갖 신들이 이 산에 깃들어 있었다. 가장 유명한 절은 '톈푸둥〔天福洞〕'이었다. 정확한 명칭은 '쳰포둥〔千佛洞〕'이지만, 입에서 입으로 전해지면서 음이 와전되어 톈푸둥이라고 부르게 된 것이었다. 이 톈푸둥은 자연 상태의 석굴을 더 파내서 만든 것으로 동굴 안에 석가모니를 모시고 화려한 벽화를 그려 장식해놓았다. 밤이 되면 동굴 입구에 걸린 칠성장명등(七星長明燈)에 불을 밝히는데 산 아래 도시에 있는 거리에서도 등불을 볼 수 있었다. 이 칠성장명등은 이곳 사람들에게는 영원히 꺼지지 않고 지켜주는 수호성과도 같았다. 밤바람이 불면 청명한 종소리와 은은한 피리 소리가 공기 중에 실려 도시 전체로 퍼졌다. 옛날 다퉁푸〔大同府〕와 우란화〔烏蘭花〕에서 온 이야기꾼이 베이구 산의 번화한 풍경에 대해 이야기를 시작했는데, 보름 동안 쉬지 않고 이야기를 계속했는데도 절반밖에 묘사하지 못했다고 한다.

옛날 핑루 성에는 상점들도 빽빽이 들어서 있었다. 큰길이고 작은 골목이고 할 것 없이 융쥐진〔永聚金〕, 싼이룽〔三義隆〕, 펑헝타이〔豊恒泰〕, 푸위안창〔復源長〕, 산에서 채취해온 것들을 파는 톈칭위안〔天慶園〕, 양모를 사들이는 셰청뎬〔協成店〕, 포목과 비단을 파는 완청허우〔萬成厚〕 등등 헤아릴 수 없이 많은 상점들이 운집해 있었다. 낙타들이 온종일 핑루 성 거리 구석구석을 돌며 짐을 나르고, 큰 객잔마다 넓은 마당에 짐을 나르는 가축들이 수십 마리씩 묶여 있는 건 예사로운 풍경이었다. 객잔은 상인들이 쉬어 가고, 낙타와 노새, 말들도 지친 다리의 피로를 풀 수 있는 곳이었다. 주인들이 더운 국물과 술로 여독을 달래는 동안 짐승들도 신선한 풀을 뜯으며 허기를 채웠다. 날이 밝으면 상인들은 또다시 낙타와 말을 추슬러 성 구석구석을 누볐다. 낙타의 청명한 목방울 소리가 해가 질 때까지 그칠 줄 몰랐다. 잡부로 일하는 일꾼들은 객잔에서 묵지 못하고 나그네들을 위한 작은 주막에서 묵었다. 이런 주막에는 더운 음식과 물, 따뜻한 구들이 있어서 피곤에 찌든 몸을 다독이기에 더없이 좋았다. 한마디로 평루 성은 부자든 걸인이든 푸근하게 받아주는 너그럽고 인자한 곳이었다.

당시에는 갖가지 축제도 수시로 열렸다. 해마다 두 차례씩 커다란 묘회(명절이나 특별한 날에 절이나 사당에서 열리는 제례 행사. 주변에 노점상과 기예단이 모여들어 자연히 장터가 열렸다)가 열려 곳곳에 무대가 세워지고 공연이 열렸고, 가을에는 나귀축제도 열렸다. 3월 28일에는 '톈치 묘〔天齊廟〕'에서 제례가 열리고, 4월 초파일 석가탄신일에는 성 전체가 오경에 절에 가서 향을 피우고 절했다. 뭇별처럼 무수히 많은 향불

하나하나마다 무릎 꿇고 절하고, 재를 떨어내고, 다시 이마를 땅에 두드리며 절했다. 4월 18일은 낭낭 묘〔娘娘廟〕에 ‘만당혜(滿堂鞋)’를 바치는 날이었다. 색지를 붙여 작은 신 열두 켤레를 만들어 신들에게 신겨주었다. 이 밖에도 원소절, 단오, 중추절은 말할 것도 없고, 2월 2일 용대두(龍擡頭)에는 우다오 묘에 가서 맹인 악사에게 악기를 연주하게 했다. 옛날 이곳에는 늑대가 수시로 출몰해 사람을 해치는 일이 많았기 때문에 늑대들이 둥우리를 틀고 새끼를 낳는 2월에 늑대를 관장하는 신 우다오예〔伍道爺〕에게 늑대들을 다스려달라고 비는 의미였다. 7월 15일은 귀절(鬼節)이었다. 이날은 집집마다 밀가루나 찹쌀가루를 반죽해 인형을 만들고, 붉은 등을 환히 밝히고, 조상의 무덤을 찾아가 종이돈을 태웠다. 동지가 되면 ‘요동(鬧冬)’이라고 하여 온 집안 전체가 화로 주변에 둘러앉아 양의 머리와 족발을 먹는 풍습이 있었고, 섣달 23일에는 부뚜막 신에게 제사를 지내 신을 보내고, 정월 초하루 오경에 다시 남자들이 신을 모셔 집으로 들어오는 행사를 치렀다. 이때는 부뚜막 신 외에도 상공(床公), 상모(床母, 자식의 잉태와 출산을 관장하고 보호한다는 민간의 신)처럼 집과 가족을 지켜준다고 믿는 신들을 집으로 모셨다. 한 해의 시작부터 끝까지 신과 인간이 공존했던 것이다.

지금 두 사람이 바로 그 전설의 한가운데 있었던 베이구 산에 서 있었다. 전설은 더 이상 남아 있지 않았다. 냥냥 묘, 우다오 묘, 톈치 묘가 모두 가뭇없이 사라졌다. 다만 쳰포동은 내부 동굴은 단단히 봉쇄되었지만, 동굴 입구에 마른 나뭇가지 몇 개가 땅에 꽂혀 있고, 가지 끝에 묶인 붉은 천이 바람에 나풀거리고 있다. 누군가 이곳에서 간절히 기도하다 간 흔적일 것이다. 한때 산 정상에 마오쩌둥 주석의 거대한 동상이 세워진 적도 있었다. 하지만 성 전체가 내려다보이는 높은 곳에 주석의 동상이 홀로 서 있는 것이 꼭 주석이 주민들을 위해 보초를 서고 있는 것 같다며 반대하는 의견 때문에 그마저도 철거되었다. 결국 베이구 산에는 신도 사람도 그 누구도 살지 않게 되었다.

망허는 바위 턱에 걸터앉아 가만히 발아래 작은 도시를 조망했다. 눈에 보이는 건 칙칙하게 빛바랜 도시뿐이지만, 그 옆에 앉은 시인의 입과 가슴에서는 그 어떤 곳보다 다채롭고 푸근한 도시로 그려졌다. 망허는 담뱃갑을 꺼내 훙징톈에게 내밀었다. 훙징톈이 담배 한 개비를 빼어 물자 그도 한 개비 빼어 들고 등을 돌려 라이터로 불을 붙였다. 그들은 그렇게 민둥산 위에 앉아 조용히 담배만 피웠다. 한참 후 망허가 먼저 입을 열었다.

"선생이 나보다 훨씬 더 인생을 사랑하는 것 같군요."

예상치 못한 말이었다. 훙징톈은 곰곰이 생각하다가 대답했다.

"아마도 제게 야심이 없어서 그럴 겁니다. 선생님은 더 크고 원대하고, 더 추상적인 것을 열렬히 사랑하시겠죠. 미시마 유키오가 할복자살하기 전 써놓은 유서에 이렇게 쓰여 있다고 하더군요. '사람의 생명은 유한한 것이지만, 난 영원히 살고 싶다.' 하지만 제겐 그런 야심이 없답니다."

정말로 그럴까? 망허는 수긍하기 힘들었다. 실은 '삶을 사랑하는' 능력을 가지지 못했기에 소탈하게 진심을 다해 삶에 열중하지 못하고, 인생의 참된 아름다움과 매력을 느끼지 못했다고 하는 편이 더 정확했다. 그는 곁에 있는 이 사람처럼 물처럼 부드럽고 정감 넘치는 눈으로 자신이 매일같이 살아가고 있는 고향을 바라본 기억이 여태껏 단 한 번도 없었다.

4. 나와 함께 가지 않겠소?

늦은 오후 버스 한 대가 노을빛인지 황토 먼지인지 분간
할 수 없는 불그스름한 안개를 머리에 이고 비포장도로를
달려 작은 도시에 도착했다. 버스가 멈추자 내리려는 사람
과 닭, 새끼 돼지, 짐 보따리가 문 앞에서 한데 뒤엉켜 아우
성을 쳤다. 예러우는 맨 마지막에 버스에서 내렸다. 그녀는
버스의 중간 정류장인 안타이바오에서 버스에 올랐지만 빈
자리가 없었다. 처음에는 서 있었고 나중에는 승객들의 짐
보따리 위에 겨우 엉덩이를 걸치고 앉아 버스의 덜컹거리
는 요동에 몸을 내맡겼다. 버스에서 내리자마자 산뜻한 봄
바람이 반겼지만, 그녀는 봉두난발에 흙먼지로 멱을 감은

자신의 몰골이 꼭 처녀귀신 같다는 생각을 했다.

한 사람이 소리 없이 다가와 그녀 앞에 우뚝 멈춰 섰다.

순간 그녀는 자신이 꿈을 꾸고 있다고 생각했다.

노을빛이 정수리에서 산산이 부서져 내려 황금 동상인 것 같은 착각이 들었다. 잘 여문 밀 같은 그의 살결에서 태양의 온기가 느껴졌다. 그는 그녀가 기억하고 있는 것보다 훨씬 더 키가 큰 것 같았다. 그녀는 차마 눈을 깜박일 수도 없었다. 이건 그녀의 일생에서 자주 만나기 힘든 신비롭고도 몽환적인 순간이었다. 그는 한 걸음 더 다가와 그녀의 손에 들려 있던 꾀죄죄한 여행 가방을 낚아채고는 말없이 몸을 돌려 걷기 시작했다.

그녀는 혀가 딱 붙어버린 듯 망연자실하게 그의 뒷그림자만 바라보았다.

그가 걸음을 멈추고 그녀를 향해 몸을 돌렸다.

"갑시다!"

"가자고요? 어디를요?"

그녀의 입에서 나온 첫마디였다. 꿈에서 깨어난 듯 차츰 현실감이 느껴졌다.

"당신이 묵을 곳이지."

"제가 묵을 곳이라뇨? 그게 어디죠?"

"Follow me(날 따라와요)."

그의 짧고 태연한 대답은 마치 그들이 헤어진 지 몇 시간 밖에 안 된 듯한 착각을 불러일으켰다.

그는 말을 끝내기가 무섭게 다시 성큼성큼 걸어갔다. 손에 그녀의 여행 가방을 든 채 더 이상 뒤도 돌아보지 않았다. 그녀는 끌려가듯 그를 따라갈 수밖에 없었다. 그의 뒤를 따라 석양에 잿빛 속살을 드러낸 낯선 골목을 지났다. 앞서 걸어가는 그의 모습, 뼈에 사무치게 그립던 그의 모습이 차오르는 눈물에 가려 어룽거렸다. 하지만 그녀는 울지 않으려 안간힘을 썼다. '울지 마, 예러우. 울면 안 돼'라고 속으로 백번도 더 되뇌었다.

마침내 목적지에 도착했다.

진 정부의 현판이 걸린 문으로 들어서니 '공사'의 너른 마당이 펼쳐졌다.

맨 뒷줄에 늘어선 토굴에서 한 청년이 걸어 나오다가 그들을 보고 반갑게 외쳤다.

"어이쿠, 정말로 만나셨군요!"

청년은 토굴 입구에 걸려 있는 면으로 된 천을 걷어 올리며 안으로 안내했다.

망허가 예러우에게 훙징톈을 소개했다.

“이쪽은 훙징톈, 시인이자 내 친구예요. 이곳도 이 친구가 마련해준 숙소죠.”

“이곳엔 그 흔한 초대소도 없어서 손님이 오시면 모두 여기서 묵는답니다.”

훙징톈은 이렇게 설명하며 예러우를 집 안으로 안내했다.

“하지만 요와 이불은 깨끗하고 보송보송할 겁니다. 망허 선생께서 사흘 동안 햇볕에 널어두셨거든요. 다만 예러우 선생님께서 구들에서 주무시기가 불편하실까 걱정입니다.”

예러우가 예의 바르게 대답했다.

“고맙습니다. 저도 구들을 좋아한답니다.”

훙징톈은 예러우를 보며 이 믿기지 않는 기적에 감격했다. 사실 첫눈에는 약간 실망스럽기도 했다. 이런 기적은 천상의 선녀나 요정처럼 비범하고 신비로운 분위기의 여인에게서나 일어나는 것이라고 생각했기 때문이다. 그에 비해 그녀는 지극히 평범했다. 미인이기는 하지만 대지에 발을 디딘 속세의 아름다움이지 고고하고 성스러운 천상의 그것은 아니었다. 그러나 훙징톈은 갑자기 불꽃이 타오르듯 형형해진 망허의 눈빛을 놓치지 않았다.

“전 먼저 식당에 가서 식사를 주문할게요. 보온병에 더운 물이 있으니 세수부터 하세요.”

홍징톈은 빙그레 미소 지으며 자리를 피했다.

또다시 토굴 안에 둘만 남았다. 벽돌을 쌓고 흰 석회를 발라 지난번 토굴보다 훨씬 깔끔했지만, 여전히 낯설고 금기와 유혹의 향기가 섞여 묘한 분위기가 묻어났다. 예러우는 말없이 남자를 바라보았다. 남자의 얼굴에서 이제 담담함은 찾아볼 수 없었다. 그녀는 자신을 두려움에 떨게 하는 두 눈동자를 바라보았다. 심연처럼 깜깜한 그 속에 사무쳐 있는 애끓는 사랑을 보았다.

그녀는 위험을 예감했다.

"세숫대야는 어디에 있죠? 얼굴을 씻어야겠어요. 자리 좀 피해주시겠어요?"

그녀는 최대한 태연한 어조로 불청객을 내몰았다.

하지만 망허는 선 자리에서 한 발짝도 떼지 않았다.

예러우가 말했다.

"선생님 숙소는 어딘가요? 조금 있다 제가 찾아갈게요."

망허는 애증이 교차하는 시선을 그녀에게서 떼지 않았다. 예러우는 그의 눈빛을 감당할 수 없어 몸을 홱 돌려 외면하며 세숫대야를 찾는 시늉을 했다. 등 뒤에서 그의 탄식 섞인 목소리가 들렸다.

"정말 독한 여자군! 어떻게 이렇게 모질 수가 있지?"

망허는 냉랭하게 몸을 돌려 화난 발걸음으로 성큼성큼 나가버렸다. 그녀는 양어깨를 축 늘어뜨린 채 토굴 한가운데 멍하니 서 있다가 비척비척 걸음을 옮겨 구들 언저리에 털썩 주저앉았다. 구들에는 온기가 있었지만 그녀는 오한이 밀려오며 전신이 바들바들 떨렸다.

망허를 다시 만난 건 저녁 시간이 다 되었을 때였다. 망허는 훙징텐과 함께 그녀의 숙소로 찾아와 저녁을 먹으러 가자고 불렀다. 두 사람 모두 감정을 추스르고 차분해져 있었다. 심지어 깍듯한 거리감까지 느껴졌다. 식당에는 여전히 그들과 안경을 쓴 부진장뿐이었다. 망허는 부진장과 이미 구면이었다. 부진장이 톈〔田〕 씨이고 77학번이라는 것도 알고 있었다. 망허는 예러우를 부진장에게 소개시키며 "제 친구입니다. 지방 풍속을 답사하러 다니고 있습니다"라고 말했다. 예러우는 항상 메고 다니는 크로스백 안에서 학교에서 받아온 소개장을 꺼내 건넸다.

"논문을 쓰기 위해 현지답사를 다니고 있어요."

부진장은 소개장을 위아래로 훑어보더니 빙긋이 웃으며 말했다.

"때를 잘 맞춰 오셨군요. 내일 이곳에서 2인 극단의 공연이 열릴 예정이랍니다. 〈저우시커우〉도 당연히 빠질 수 없겠죠."

망허가 웃었다.

"정말로 한바탕 요란스럽게 놀아보시려는 겁니까?"

부진장이 정색을 하며 대답했다.

"그건 아닙니다. 주민들의 기분을 달래주기 위한 것이라고 해두죠. 하지만 이상한 건 우리 주변에는 과학으론 설명할 수 없는 일들도 많다는 겁니다. 우연의 일치겠지만요. 대학원생께서 미신을 믿는 무지한 사람들이라고 흉보지 않을까 걱정이군요."

예러우가 웃으며 대답했다.

"감히 그럴 리가요."

또다시 밤이 찾아왔다. 도시는 또 순수 그 자체의 암흑 속으로 가라앉았다. 듬성듬성한 불빛은 어둠의 농밀함과 강대함을 더욱 부각시키기 위해 존재하는 것 같았다. 그날 밤처럼 달빛도 없이 구붓하게 이지러진 그믐달과 총총한 뭇별만이 밤을 지켰다. 세 사람은 예러우의 숙소에서 둘러앉았다. 훙징텐이 술과 함께 런천미트 통조림과 과일 통조림을 들고 왔다. 술은 현지에서 생산된 바이주〔白酒, 보리, 밀, 옥수수, 수수 등을 발효한 후 열을 가해 증류해낸 술〕로 도수가 상당히 높았다. 예러우는 과일 통조림과 함께 쓰고 떫은 대엽차를 마셨고, 망허와 훙징톈은 따끈하게 데운 술을 법랑 주전자에 담아 주거니 받거니 술잔을 기울였다. 망허는 말없이 연신 술잔만 비워냈다.

애꿎은 훙징톈만 두 사람 사이에서 바늘방석에 앉은 듯 불편했다. 어떻게든 분위기를 풀어보려 화제를 찾는 모습이 가상했다.

"예러우 선생님—"

예러우가 훙징톈의 말을 잘랐다.

"선생님이라고 부르지 마세요. 전 그저 학생이에요. 자꾸만 선생님이라고 하시니 다른 사람을 부르시는 걸로 착각하잖아요."

"그럼 예러우 씨라고 부르죠. 대학 문턱에도 가보지 못한 저는 '사회학'이 뭘 하는 학문인지도 모르고, 왜 하필 저우시커우를 논문 주제로 삼았는지 이상할 따름입니다. 저우시커우는 민가에 노상 등장하고, 극에도 단골 소재인데 그런 고리타분하고 식상한 주제에서 새로운 걸 발견할 수 있겠습니까?"

"그건 어떤 관점에서 다루느냐에 달려 있죠."

예러우는 사회학에 대해, 그리고 역사 속에 가려지거나 걸러내어진 이야기들에 대해 설명하기 시작했다. 그녀의 어투는 심각하리만치 진지했다. 그녀는 또 현지답사를 다니면서 보고 들은 것들을 소설로 쓰고 싶은 충동을 느꼈다고도 말했다.

홍징텐이 맞장구를 쳤다.

"소설이라. 그거 참 좋은 생각이로군요. 논문보다는 소설을 쓰는 게 훨씬 재미있을 겁니다."

예러우의 열의에 찬 설명은 홍징텐 한 사람만을 위한 것이었다. 그녀는 시종일관 곁에서 묵묵히 술잔만 입에 털어 넣고 있는 망허를 아예 보지 못한 것처럼 행동했다. 불그스름한 등불 아래 바이주의 알싸한 내음이 짙게 깔렸다. 그 강렬하고도 치명적인 향기가 사람을 취하게 했다. 술 주전자가 어느새 바닥을 드러내자 망허가 손을 뻗어 술병을 잡았다. 그와 거의 동시에 또 다른 손이 나타나 술병을 잡아 눌렀다.

"그만 마셔요. 독한 술이에요."

예러우였다.

두 개의 손이 술병 하나를 잡고, 저녁 내내 사력을 다해 서로를 외면하던 네 개의 눈이 처음으로 부딪혔다. 예러우는 망허의 눈 속에서 고통의 몸부림을 보았다. 술병을 잡은 그녀의 손이 또 떨리고 있었다. 하지만 그녀는 술병을 놓아

주지 않았다. 캄캄한 망망대해에서 금세라도 산산이 부서질 듯 위태로운 널조각을 부여잡은 사람처럼 절대로 놓지 않을 기세였다.

"이미 술이 과해요."

망허는 여자를 바라보았다. 그녀의 진실한 얼굴, 양귀비처럼 붉디붉고 촉촉한 입술, 깊이를 헤아릴 수 없는 두 눈동자가 안개 속을 부유하듯 눈앞에서 가물거렸다.

망허가 피식 웃으며 도리질했다.

"당신은 누구요? 귀신이오, 사람이오? 아니면 악마요, 천사요? 도대체 왜 이렇게 날 힘들게 하는 거요?"

예러우가 어금니를 으물어 양 볼이 실룩였다.

"이 못된 여우야, 날 왜 이렇게 괴롭히는 거냐고!"

망허의 목소리가 갑자기 서러운 울음을 터뜨린 어린아이의 악다구니처럼 변했다. 이슬 한 방울의 무게도 지탱할 수 없는 연약한 선인초처럼 작아진 남자의 모습에 그녀는 코끝이 아려왔다.

그녀가 조용히 대답했다.

"천만에요. 힘들게 한 건 당신이에요. 당신이 날 힘들게 했다고요. 당신은 여기 오지 말았어야 해요."

"왜지? 왜 내가 오지 말았어야 하지?"

"제발 부탁이에요. 날 좀 내버려둬요. 더 이상 날 방해하지 말라고요—"

그녀는 마침내 그 말을 내뱉고 말았다.

망허가 술병을 잡고 있는 그녀의 손목을 홱 낚아챘다. 쇠집게처럼 그녀의 가녀린 손목을 단단히 움켜쥐었다. 조금이라도 손을 놓으면 그녀가 연기처럼 사라져버리기라도 할 것처럼.

"내가 당신을 방해한다고? 그게 무슨 소리야?"

낮은 목소리였지만 그건 상처 입은 들짐승의 포효와도 같았다. 그의 핏발 선 눈이 그녀를 매섭게 주시했다.

홍징톈이 어느새 자리를 피해 방 안에는 두 사람뿐이었다. 그녀는 이미 치명적인 술 향기에 저항할 힘을 잃은 지오래였다. 어쩌면 그건 마지막 순간의 무의미한 발버둥인지도 몰랐다.

"말해! 예러우! 도대체 그게 무슨 소리냐고!"

"두려워요!"

그녀가 남자를 향해 울부짖었다.

망허는 뒤통수를 얻어맞은 듯 정신이 아득해졌다.

"두렵다고? 뭐가 두렵다는 거지?"

"뭐가 두렵냐고요?"

여자가 애처롭게 반문했다. 둑이 터져버린 강물처럼 그녀는 갑자기 무너져 내렸다.

"내가 두려운 건 바로 나 자신이에요. 모든 걸 내던지고 당신을 사랑하게 될까 봐, 이성을 잃고 당신을 사랑하게 될까 봐. 그게 무서워요! 난 갈대처럼 휩쓸리는 헤픈 여자도 아니고, 미친 듯 사랑에 목숨을 바치는 낭만주의자도 아니에요. 그런데 내가 왜 그런 미친 짓을 한 거죠? 당신이 시인이란 게 무서워요. 시인은 항상 새로운 감정을 갈구하고, 신선한 사랑, 낯선 자극을 원하죠. 영원히 신선함을 추구하지 않는다면 시인의 영감을 얻을 수 없을 테니까요. 하지만 난 평범한 여자예요. 내게 필요한 건 평범한 사랑이에요. 남들처럼 가정을 꾸리고 자식을 낳고 백년해로하는 그런 평범한 삶을 원한다고요! 당신은 내가 원하는 걸 줄 수 없어요. 당신은 결코 나와 함께 평범하고 무미건조한 일생을 살 수 없어요. 그런 생활은 당신을 질리게 하겠죠. 당신이 내게 싫증이 나서 어느 날 갑자기 날 내팽개치고 떠날까 두려워요. 내가 당신 인생의 따분한 추억이나 해프닝으로 끝나버리는 게 무섭다고요. 그런 결말은 절대로 원치 않아요……."

남자가 뜨거운 입술로 여자의 말을 가로막았다. 동정과 연민의 키스였다. 그녀의 냉철한 이성과 무기력함에 대한 안타까운 연민이었다. 망허는 예러우를 부둥켜안았다. 그녀는 저항하려고 했지만 저항할 힘이 없었다. 안간힘을 다해 버티던 그녀의 육신은 숨 막히는 긴 키스에 완전히 무장해제 당했다. 그녀의 영혼이 그에 의해 빨려 나와 허공을 떠돌며 이제는 구원할 방법조차 없어져버린 자신의 육신을 측은하게 내려다보고 있는 것 같았다. 그녀는 죽음처럼 어둡지만 한없는 열락의 심연 속으로 점점 빠져들었다.

망허가 그녀를 놓아주었다.

"당신을 속이고 싶지 않아. 하늘에 대고 하는 맹세 따윈 값싼 약속일 뿐이지. 장구한 인생 앞에서 감히 '평생토록'이라고 말할 순 없어……. 우리 할머니께서 그러셨지. 사람의 인생이란 어둠을 더듬으며 밤길을 가는 것과 같다고. 이 모험에서 나와 동행이 되지 않겠어?"

예러우는 절대적인 순수와 진실이 담긴 그의 두 눈을 올려다보았다. 그 심연처럼 깊은 눈동자와 섬섬히 맺힌 눈물은 그 어떤 여자라도 불구덩이 속으로 뛰어들게 하는 마력을 가지고 있었다. 얼마나 시간이 흘렀을까, 예러우가 손을 내밀어 그의 얼굴을 쓰다듬으며 눈가에 맺힌 눈물을 닦아주었다. 그녀는 이제 모든 게 끝이라는 걸 알고 있었다. 자신을 기다리고 있는 지옥을 향해 뛰어들고 있다는 걸 알고 있었다. 그녀는 스스로에게 말했다.

'예러우, 뛰어들어. 이 세상의 아름다운 것들은 모두 찰나에 사라져버리는 거야. 영롱한 아침 이슬이 그렇고, 흐드러지게 핀 봄꽃이 그렇고, 또 소녀의 아름다운 청춘도…… . 그렇다면 유독 사랑만이 영원해야 하는 이유는 없잖아?'

망허는 두 손으로 그녀의 얼굴을 받쳐 들었다.

"사람은 누구나 밤길을 가는 나그네인 거야. 그게 바로 인생의 매력이지. 모험을 걸어. 앞날은 아무도 모르는 거야. 당장 내일 아침에 죽을 수도 있어."

예러우가 손가락으로 그의 입을 눌러 막았다.

"불길한 말은 하지 말아요."

망허가 빙그레 웃었다. 티 없이 환하고 선량한 미소에 그녀의 가슴이 욱신거렸다. 그녀는 그를 꼭 끌어안았다. 문득 '만가(輓歌)'라는 단어가 뇌리를 스쳤다. 곧 다가올 만가를 끌어안고 있는 것 같은 불길한 예감이 엄습했다. 그것은 속세의 사랑으로는 거역할 수 없는 숙명이었다.

유성 한 줄기가 변방의 쓸쓸하고 숙연한 밤하늘을 가르며 떨어졌다.

제
4
장

반쪽 달이 떠오르다

나중에 예러우는 종종 이렇게 물었다.

"망허, 내가 사후커우로 올 줄 어떻게 알았어요?"

그럴 때마다 망허의 대답은 똑같았다.

"그냥 알았지."

"내가 허취를 거쳐 황허를 건너지 않을 거란 걸 어떻게 알았죠?"

"당신은 그럴 리 없어."

"왜죠?"

"어쨌든 건너지 않았잖아?"

예러우가 피식 웃었다.

“건널 수도 있었어요.”

“하지만 건너지 않았잖아.”

예러우가 몸을 돌려 망허를 쳐다보았다.

“당신이 날 따라와서 핑루에서 기다릴 줄은 정말 꿈에도 몰랐어요.”

“아냐. 당신은 예감하고 있었어. 난 알아. 안 그랬다면 왜 황허를 건너지 않았겠어?”

망허의 말투는 매우 진지했다.

그들은 핑루 성에서 닷새 동안 머물렀다.

망허는 예러우를 데리고 베이구 산에 올라 홍징톈이 자신에게 했던 것처럼 어디가 봉황의 머리이고, 어디가 봉황의 눈인지 알려주고, 첸푸둥이 있던 자리와 돌비석, 봉화대를 손가락으로 가리켜 보여주었다. 멀리 보이는 산등성이를 따라 구불구불 이어진 만리장성의 잔해도 보여주었다.

오랜만에 구름 한 점 없이 쾌청한 봄날을 만났다. 바람이 불기는 했지만 사납지 않았고, 차갑지도 않았다. 숙연하리만치 푸른 하늘 아래서 샛말간 햇빛에 씻겨 내린 만리장성과 봉화대, 산봉우리가 왠지 쓸쓸하고 추연해 보였다. 예러우가 눈앞의 광경에 마음을 빼앗긴 듯 가늘게 뜬 눈으로 조용히 앞을 응시했다.

"이번 답사엔 봉화대를 많이 보게 되는군요. 봉화대만 보면 늘 가슴이 먹먹해져요. 이른 새벽이든, 저물녘이든, 해가 중천에 뜬 정오 무렵이든……."

망허가 말했다.

"나도 그래. 봉화대를 보면 전쟁, 고통, 이별, 죽음 같은 것들이 떠오르니까."

"단지 그런 것만은 아닐 수도 있어요."

"그럼 또 뭐지?"

예러우가 고개를 돌려 망허를 쳐다보았다.

"전생에 내가 변방을 지키는 장수의 아내였던 건 아닐까요? 전쟁터에서 죽은 남편의 유골을 고향땅에 묻어주려고 혼자 여길 헤매다가 결국 찾지 못한 거죠……. 그래서 생을 거듭하면서도 이곳에 와서 남편의 유골을 찾아 헤매는 게 아닐까요?"

"맹강녀(孟姜女, 진나라 때 범기량이라는 남자가 만리장성 축조를 위해 인부로 끌려가자 그의 처 맹강녀가 솜옷을 지어 남편이 일하는 산해관으로 찾아갔다. 그러나 그녀가 도착했을 때 남편은 이미 죽고 유골도 만리장성 밑에 묻혀 찾을 수 없었다. 맹강녀가 남편을 잃은 슬픔에 성 밑에 쓰러져 울기 시작하자 열흘 만에 성이 와르르 무너지고 남편의 유골이 나타났다고 한다) 전설과 비슷한 것 같군. 정말로 소설을 써보는 게 어때?"

망허가 장난스러운 미소를 짓자, 예러우가 정색을 하며 고개를 저었다.

"농담이 아니에요. 정말로 누구나 전생에 대한 기억을 가지고 있을지도 몰라요. 우리가 그걸 모르는 것뿐이죠. 하지만 그 기억 때문에 종종 자신도 이해할 수 없는 이상한 결정을 하게 되는 거예요. 바로 나처럼 말이죠. 난 오래전부터 옌먼관, 자위관〔嘉峪關〕, 고비사막, 변방 이런 곳들을 죽기전에 꼭 가봐야 할 것 같았어요. 내가 저우시커우를 논문 주제로 정한 것도 바로 그 때문이에요. 처음 봉화대를 보았을 때 갑자기 가슴이 욱신거리며 아팠어요. 그냥 하는 말이 아니라 정말로 가슴에 통증이 느껴졌어요. 내 몸속 어떤 장기가 비수에 찔린 것처럼 말이죠. 그러고는 언젠가 보았던 것 같은 느낌이 들었죠. 아, 마침내 다시 만났구나…… 그런 느낌……."

망허가 손을 뻗어 앙상하게 야윈 그녀의 어깨를 어루만졌다.

"당신이 찾는 그 남편이 바로 나일 거야."

예러우가 고개를 들어 그의 얼굴을 한참 동안 쳐다보았

다. 검은 호수처럼 깊고 고요한 눈동자에 그의 얼굴이 어렸다.

"그럴까요?"

예러우가 자답하듯 천천히 고개를 저었다.

"난 모르겠어요. 만약 그렇다면 마음이 편안해야 할 텐데. 왜 여전히 불안한 걸까요?"

"이제 보니 욕심쟁이 아가씨로군. 바라는 게 너무 많아."

망허가 진담 반 농담 반으로 나무라자 예러우가 미소로 대답했다.

"알았어요. 욕심을 줄여보도록 노력하죠."

그녀의 미소에서 왠지 모를 비감이 배어 나왔다.

이 고적하고 쇠락한 소도시에서 예러우는 풍성한 수확을 거두었다. 훙징톈의 주선으로 흥미로운 이력을 지닌 사람들을 만날 수 있었던 것이다. 그중에는 변방에 나갔다가 돌아온 사람도 있고, 변방에 나가보지 않은 사람도 있었다. 부진장도 매우 중요한 사람과 인터뷰할 수 있는 기회를 마련해주었다. 이 지역 소학교 교장을 지낸 노인이었다. 노인은 예러우에게 핑루 성의 오백 년 역사와 상업의 흥망성쇠, 그리고 중원과 변방과의 오래된 관계 등에 대해 자세히 설명해주었다. 노인의 말투는 옛날이야기를 들려주듯 담담하고 평온했지만, 그 속에 오랜 세월 간직해온 고통과 상흔이 어려 있었다.

집 안을 둘러보니 문갑, 쌀 항아리, 출입문 등 보이는 곳마다 고문 투의 글귀가 적힌 붉은 종이가 붙어 있었다. 문갑 위에는 '아무리 써도 마르지 않는다'는 뜻의 '용지불갈(用之不竭)', 옷장 위에는 '아무리 가져도 다함이 없다'는 뜻의 '취지부진(取之不盡)', 쌀 항아리 위에는 '쌀과 밀가루가 산처럼 쌓여 있다'는 뜻의 '미면여산(米面如山)', 그리고 문 위에는 '순조롭게 문을 출입하라'는 뜻의 '출문통순(出門通順)'이라는 글귀가 붙어 있었다. 벽에도 붉은 꽃과 초록빛 버드나무가 어우러진 산뜻한 그림들이 붙어 있었다. 예러우는 구들에 앉아서 그 글귀와 그림들을 하나하나 유심히 들여다보았다. 가슴속에서 형언할 수 없는 그리움과 감동이 울컥 차오르는 걸 느꼈다. 한적하고 차분한 삶과 평화롭고 검박한 희망에 대한 연민과 경의였을 것이다.

가장 유쾌한 시간은 역시 해가 저물고 저녁 어스름이 내려앉은 후였다. 망허와 예러우, 훙징톈 세 사람이 작은 상을 가운데 놓고 구들 위에 둘러앉았다. 상 위에 바이주 한 병과 대엽차 한 주전자가 올려졌다. 안주라고 해야 껍질째 볶은 땅콩과 술에 절인 대추, 볶은 호박씨, 그리고 끝없이 이어지는 화제가 전부였다. 하지만 그걸로 충분했다. 그윽한 술 향기와 술에 절인 대추의 시큼달콤한 향기가 잔잔한 음률처럼 공기 중에 맴돌고, 대엽차의 쌉싸래한 향이 어우러져 깊어가는 밤의 흥취를 돋웠다. 가끔은 이 도시의 문학청년들이 동석하기도 했다. 한번은 망허가 고갱의 이야기를 꺼냈다. 고갱이 어떻게 홀로 타히티 섬을 찾아가게 되었는지, 어떻게 마오리족의 어린 신부를 얻게 되었는지, 소설처럼 낭만적인 이야기에 주흥이 최고로 고조되었다. 고갱과 고흐는 1980년대 문학청년들에게는 신과 같은 존재였다. 문학청년들은 그들의 자유롭고 낭만적인 인생을 동경했고, 목숨까지 바친 용기와 격정을 시로 노래했다. 둘러앉은 이들 모두 파리하게 시들고 여윈 자신의 삶에 탄식했다. 하지만 유독 예러우만은 그 이야기의 결말에 더 주목했다. 관자놀이에 영원히 한 떨기 붉은 꽃을 꽂고 있을 것 같던 그 청순한 소녀가 이 년 후 바닷가에 망연히 앉아 멀어져가는 배를 배웅했다는 사실을. 그 배는 유럽으로 향하는 배였고, 그 위에는 그녀를 떠나는 남자가 타고 있었다는 사실을……

망허의 말이 맞았다. 예러우는 욕심 많은 여자였다. 그녀는 이 세상에게 바라는 것이 너무도 많았다.

그날 밤 술자리가 파하고 모두들 돌아간 후 땅콩 껍질과 호박씨 껍데기로 어질러진 토굴 안에서 예러우가 물었다.

"망허, 나와 함께 답사를 다닐 수 있겠어요?"

"그야 물론이지."

대답하면서도 망허는 이상한 생각이 들었다.

"이미 같이 다니기로 얘기가 끝난 거 아니었나?"

"내 말은 걸어서 다닐 수 있겠느냐는 거예요. 한 걸음 한 걸음 두 다리로 걸어서 쓰즈왕 기[四子王旗, 기(旗)는 중국의 행정구역 단위이다]까지 갈 거예요. 이래도 같이 갈 거예요?"

예러우가 깊이를 가늠할 수 없는 눈동자로 망허를 바라보았다.

두 남자가 동시에 외쳤다.

"맙소사! 예러우!"

이 순간이 바로 그날 밤의 진정한 클라이맥스였다.

예러우가 지그시 미소 지었다. 그녀는 아무리 긴 여정에도 종착역이 있다는 걸 알고 있었다……. 훙징톈은 그 순간 예러우에게서 불가사의한 아름다움을 발견했다. 어떤 신비한 광채가 나타나 그녀를 비추는 것처럼 눈부시게 아름다웠다. 아름답지만 불길한 예감, 이 급작스런 예감에 훙징톈의 가슴이 사느래졌다.

망허가 탁자 위에 지도를 펼쳐놓고 쓰즈왕 기를 찾기 시작했다. 옛날에는 우란화〔烏蘭花〕라고 불리던 곳이었다. 옛 이름이든 새 이름이든 신화나 전설 속 지명처럼 신비롭게 들렸다. 그들은 머리를 맞대고 지도를 손으로 짚어가며 거리를 계산하고 어떤 노선으로 갈 것인지 상의하고, 또 하루에 몇 킬로미터나 이동할 것인지 계획을 세웠다. 한창 열띤 토론이 벌어지고 있을 때 망허가 고개를 번쩍 들어 못 미더운 눈길로 예러우를 쳐다보았다.

"당신 정말로 걸어서 갈 수 있겠어?"

예러우의 얼굴이 발그레해졌다. 그녀가 입을 열기도 전에 망허가 대답을 가로챘다.

"상관없어. 더 이상 못 걷겠다고 하면 내가 업고 가면 되니까."

훙징톈은 가시지 않는 불안감을 애써 억눌렀다. 착각이라고 믿고 싶었다. 불길한 예감을 떨쳐내려 주문을 걸듯 일부러 과장된 웃음소리를 내며 한마디 거들었다.

"제가 보기엔 충분히 가능할 것 같군요. 두 분이 부러워 죽을 지경입니다. 휴가를 낼 수 없는 게 한이로군요. 그렇다고 망허 선생처럼 사표를 던질 수도 없고 고갱처럼 훌훌 털고 떠날 수도 없으니 이걸 어쩌지요. 저도 같이 갈 수 있으면 얼마나 좋을까요!"

망허가 훙징톈에게 장난스럽게 주먹을 날렸다.

"너무 아쉬워하지 말아요. 어딜 가든 전화가 눈에 띄기만 하면 제일 먼저 전화할 테니까."

예러우도 말했다.

"저도 엽서 보낼게요. 약속해요."

훙징톈은 두 사람을 바라보며 문득 꿈을 꾸고 있는 것 같은 착각에 빠졌다. 몇 해가 지난 후에도 훙징톈은 그날 밤을 회상할 때마다 말로는 설명할 수 없는 몽환적인 감정에 사로잡혔다. 이 얼마나 아름다운 일인가! 어느 날 낯선 시인이 배낭 하나 달랑 메고 자기 일상 속으로 불쑥 들어와서는, 시와 사랑에 대해 논하고 가슴속에 진한 파문을 일으켜놓고는 사라져버린 것이다. 꿈결 같은 시간들이 새털구름처럼 그의 일상 위를 유유히 떠다니며 자꾸만 고개를 들어 올려다보게 만들었다. 그건 그에게 너무도 잔인하고 가혹한 고문이었다.

그날 밤 세 사람 모두 헤어지기가 못내 아쉬웠다. 곧 다가올 작별을 받아들이고 싶지 않았다. 훙징톈과 망허는 쉬지 않고 잔을 부딪쳤고 두 사람 모두 술기운이 얼근하게 돌았다. 나중에는 예러우까지 합세해 세 사람이 사오주[燒酒, 곡류를 발효시킨 후 끓여서 증류해낸 술] 두 주전자를 말끔히 비웠

다. 예러우는 토굴 안에 메아리치던 자신의 또랑한 웃음소
리 외에는 아무것도 기억나지 않았다.

이른 새벽 훙징텐이 동문까지 우리를 배웅했다. 동문을 나서자 동쪽 하늘에서 서서히 해가 떠올랐다. 하지만 하늘에는 여명인지 황토 먼지인지 분간할 수 없는 누르끄름한 빛만 감돌았다.

훙징텐이 말했다.

"하늘빛을 보니 오후에 바람이 세게 불 것 같군요."

망허와 내가 동시에 대답했다.

"상관없어요."

망허가 말했다.

"동북쪽으로 갈 거니까 바람을 타고 걸을 수 있겠군요."

홍징톈은 돌아가지 않고 한참 동안 함께 걸으며 배웅했다.

망허가 말했다.

"천리를 배웅한다 해도 결국 이별하는 것은 마찬가지라고 하지 않습니까? 이제 그만 들어가세요……."

나는 차마 홍징톈의 눈을 똑바로 쳐다볼 수가 없었다. 나도 모르게 왈칵 눈물이 쏟아져버릴 것 같아 고개를 돌려 펑루 성을 한 번 더 눈에 담았다. 내 생애 언제 또다시 이 멀고 작은 도시에 올 수 있을까? 다시 올 기약이 없기에 떠나는 발걸음이 더욱 무거웠다.

망허가 갑자기 홍징톈을 와락 끌어안으며 "다음에 또 만납시다!"라고 짧은 작별 인사를 남겼다. 그러고는 서둘러 내 손을 끌고 뒤도 돌아보지 않고 빠르게 걸음을 옮겼다. 우리는 그렇게 길을 떠났다.

꽤 멀리까지 왔을 때 문득 뒤에서 '이인대[二人台, 중국 네이멍구, 산시, 산시[陝西], 허베이 등지에서 생겨난 희곡의 일종. 두 사람이 노래를 주고받는 형식]' 노랫소리가 바람을 타고 실려 왔다. 낭랑하고 장중한 목소리에서 말할 수 없는 처연함이 감돌았다.

내 님이 사후커우를 떠나네.

소녀는 차마 떠나보낼 수가 없다네.

님의 손을 꼭 잡고

큰길 어귀까지 배웅하는구나…….

정신이 멍해져 우뚝 멈춰 섰다. 훙징톈이었다. 고개를 휙 돌려보니 저 멀리 노래를 부르며 돌아가는 훙징톈의 뒷모습이 보였다. '이인대'의 독특한 발성법 때문에 노랫소리가 쟁쟁하다 못해 처절하게 울려 퍼졌다. 훙징톈은 그 처량한 노랫소리로 우리를, 아니 망허를 배웅하고 있었다. 그 속에는 나로서는 완전히 이해할 수 없는 남자들만의 예스러운 우정과 속 깊은 정, 그리고 자신을 알아주는 이를 위해 목숨까지도 아낌없이 버릴 수 있는 끈끈한 온정 같은 것이 섞여 있었다.

망허의 눈썹 사이로 눈물방울이 영롱하게 반짝였다.

태양이 구름 사이로 비집고 들어가버렸다. 우리는 묵묵히 걸음을 옮겼다. 산길이 강물처럼 산모롱이를 돌고 돌아 굼실거리며 흐르고 있었다. 높고 가파른 고개의 정상에 도착하자 망허가 걸음을 멈추고 고개를 돌려 떠나온 길을 우두커니 바라보았다. 핑루 성은 이미 산에 가려 보이지 않았지만, 그가 핑루 성을 바라보고 있다는 것을, 마음속으로 핑루 성을 바라보고 있다는 것을 알 수 있었다. 나도 그와 함께 먼 곳을 응시했다. 망허를 내게 돌려준 소중한 그곳을 내 생애 또다시 볼 수 있을까?

망허가 내 어깨를 푸근하게 감쌌다.

"그만 가지. 갈 길이 멀어."

어깨에 전해진 운김이 온몸으로 퍼지는 것을 느끼며 다시 마음을 추슬러 여정에 올랐다. 지금까지 수많은 사람들이 지나간 길이지만, 그 순간에는 우리 두 사람만의 길이었다. 하늘과 땅 사이, 산과 물 사이에 그와 나 둘만 존재했다. 굽이굽이 흘러내린 깊숙한 골짜기 속에, 그 사이를 휘감아 부는 바람 속에 오로지 우리 둘뿐이었다. 내 손이 그의 손 안에 꼭 쥐여 있었다. 그래 예러우, 이걸로 충분해. 이 순간은 백 년의 세월과도 바꿀 수 없는 거야.

점심 무렵 우리는 '화자쓰〔花家寺〕'라는 마을에 도착했다. 어느새 부쩍 거세진 바람에 황토 먼지가 휭휭 휘파람을 불며 타래쳐 올랐다. 우리는 그 마을 촌장을 찾아갔다. 촌장은 점심을 대접하겠다며 우리를 자오〔趙〕 씨 댁으로 안내했다. 그 집 주인은 자오여우청〔趙有成〕이라는 일흔한 살의 노인이었다. 체구는 왜소하고 깡말랐지만, 총기가 대단한 데다가 다부지고 강단 있는 인상이었다. 방금 밭을 갈고 돌아오는 길이라고 했다. 그는 젊은 시절 변방에 나간 경험이 있다고 했다. 마을의 한 청년과 함께 치둔〔七墩〕으로 나가 허린〔和林〕, 후허하오터〔呼和浩特〕, 우촨〔武川〕 등을 떠돌며 남의 집 농사일을 거들어주고 품삯을 받아 돈을 벌었는데, 우촨에서 밀 수확하는 일을 하다가 국민당 사령관 푸쭤이〔傅作義〕가 지휘하는 부대에 붙잡혀 군대에 동원되었다고 했다. 붙잡힐 당시 한밤중이라 곤히 잠들어 있었는데 마을 사람들이 자기들 목숨을 부지하기 위해 잠든 그를 밧줄로 꽁꽁 묶어 국민당 군대에 넘겨버린 것이었다. 그렇게 해서 그는 졸지에 푸쭤이 부대의 기병이 되어 허베이, 간수〔甘肅〕, 닝샤〔寧夏〕 등 전쟁터를 누볐다. 공산당 군대가 국민당을 포위했을 때 그는 베이징의 서남쪽 길목에 주둔해 있었다. 얼마 후 푸쭤이가 공산당에 투항하자 그도 따라서 공산당 군대로 편입되었다. 그로부터 삼 년 후 겨우 고향으로 돌아와 한 과부를 아내로 맞이했다. 그해 그의 나이가 이미 서른여덟이었다. 그와 결혼할 당시 아내에게는 이미 두 아이가 있었고, 결혼 후 다섯 명의 자식이 태어나 현재는 대가족을 이루고 있었다.

많은 질문들을 쏟아놓았지만 낯선 집에 찾아간 불청객의 신분으로는 알아낼 수 없는 것이 너무도 많았다. 옛날 이야기들을 물어보아도 돌아오는 건 한두 마디 짧은 대답뿐이었다. 한 사람의 일생을 어떻게 몇 마디 말로 다 담아낼 수 있을까. 수난과 질곡으로 점철된 인생이 잔잔한 강물처럼 유유히 흐르고 있었다. 그 끝이 어딘지도 모르게 바람도, 물결도, 소리도, 쉼도 없이 덤덤하게 흘렀다. 질문을 하면 할수록 내 속에서 의구심이 점점 커졌다. 충분한 존중심과 경외심 없이 다른 사람의 인생 깊숙한 곳으로 불쑥 파고들어 갈 권리가 과연 내게 있을까? 내 앞에 앉은 초로의 노파를 보며 그런 생각이 더욱 커졌다. 그녀가 재가한 과부라는 걸 알고 첫 남편과 몇 살 때 결혼했는지 물었더니 겨우 열네 살이었다고 대답했다. 고작 열네 살에 한 남자의 아내로서 아이를 낳고 길렀던 것이다. 게다가 자신의 친고모부에 의해 '사람 시장'에 팔렸고, 거기서 '멍석말이' 방식으로 한 남자에 팔린 것이라고 했다.

'멍석말이' 방식으로 사람을 사고파는 것은 변방에서 오래전부터 내려오는 구습이었다. 사람을 멍석으로 둘둘 말아 놓으면 사려는 사람들이 말린 멍석의 양쪽 끝으로 손을 집어넣어 발과 다리, 얼굴의 윤곽을 더듬어본 후에 마음에 들면 가격을 흥정하는 방식이라고 했다. 듣기만 해도 절로 몸서리가 쳐졌다. 세상에 이토록 잔인한 일이 있을까! 가축을 사고파는 것과 다를 게 없었다. 연민의 눈길로 예순을 눈앞에 둔 노파를 바라보았다. 열네 살 어린 소녀가 멍석에 말린 채 깜깜한 어둠 속에서 얼마나 큰 공포를 느꼈을까. 낯설고 거친 남자들의 손이 멍석 안으로 쑥 들어와 더듬고 주무르는 동안 그 순백의 몸이 얼마나 치욕스럽고 외로웠을까. 그러나 내 앞에 있는 그녀는 평온한 미소를 지으며 마치 자신과는 전혀 상관없는 남의 이야기를 하듯 '멍석말이'에 대해 한두 마디로 설명하고 있었다.

점심상이 차려졌다. 귀리로 만든 워워〔窩窩, 귀리 가루를 반죽해 만두피처럼 얇게 민 다음 원통형으로 말아서 찐 떡〕와 위위〔魚魚, 귀리 가루를 반죽해 물고기처럼 가늘고 짧은 형태로 만들어 삶아낸 후 돼지고기, 채소 등과 함께 볶아낸 음식〕가 상에 올려졌다. 음식들만 보아도 주인 아낙의 여문 손끝을 느낄 수 있었다. 음식들이 정갈하고, 쫄깃한 반죽의 식감이 일품이었다. 귀리는 추위에 강하기 때문에 산시 성 일대의 주요 농작물이다. 워워는 귀리 가루를 반죽해서 쪄낸 음식인데 지역마다 부르는 말이 조금씩 달라서 산시 성 중부에서는 '카오라오라오〔栲栳栳〕'라고 부른다. 민가에도 "자오청〔交城, 산시 성 중부

에 있는 뤼량 산〔呂梁山〕 동쪽 산자락에 위치한 지역〕 깊은 산속에
는 흰 쌀밥은 없다네. 귀리 카오라오라오와 감자가 전부로
구나……"라는 구절이 나오는데 여기에 나오는 카오라오라
오가 바로 워워다. 점심을 든든히 먹은 후 주인에게 밥값을
지불하려 했지만 한사코 받지 않았다. 노인은 "변변찮은 밥
한 끼에 어떻게 돈을 받겠소!"라며 손사래를 쳤다. 순수한
인심 앞에서 더 이상 고집을 부리는 것도 결례인 듯해서 망
허가 말했다.

"그럼 밥값 대신 사진을 몇 장 찍어드리겠습니다."

망허의 제안에 노인이 반색을 했다.

노인의 딸은 도시 처녀 못지않게 매우 세련된 차림이었
다. 굽슬굽슬한 파마머리를 높이 틀어 올리고 청바지를 입
고 있었는데, 중학교를 졸업한 지 몇 년 되었다고 했다. 밥
을 먹기 전에 혼자 구들 위에 엎드려 뭔가 열심히 적고 있
기에 들여다보니 소설을 베껴 적으면서 글씨 연습을 하고
있는 것이었다.

"소설인가요?"

소녀가 고개를 끄덕이며 소설의 저자가 자기 동창이라고
했다. 식사를 마치고 사진을 찍는다는 말에 소녀가 맞은편
토굴로 들어가더니 잠시 후 빛깔 고운 스카프를 목에 두르

고 나타났다.

망허는 노인의 가족들을 위해 사진을 여러 장 찍어주었다.

작별 인사를 하고 나오려는데 노인이 우리를 붙잡았다. 저녁에 공연이 있으니 공연을 관람하고 하룻밤 묵고 가라는 것이었다. 마을에 무대를 설치해놓고 극단을 초청해 이틀 동안 〈유공안〉〔劉公案, 청나라 때 관리인 유용(劉墉)을 주인공으로 한 이야기〕을 공연한다고 했다. 하지만 정해진 답사 일정이 있었기 때문에 호의에 감사를 표하고 작별 인사를 했다. 노인은 우리를 마을 어귀의 자동차가 다니는 길까지 배웅했다. 하늘은 이미 노을빛에 취해 발그레하게 상기되어 있었다.

세찬 광풍이 불어닥쳤다. 회오리바람에 타래쳐 오른 모래와 돌멩이가 얼굴을 덮쳐 눈을 뜰 수가 없었다. 과연 변방의 바람은 듣던 대로 위세가 대단했다. 유리기와쯤은 거뜬히 깰 수 있을 것 같았다. 망허는 선글라스를 끼고, 나는 얇은 스카프로 머리와 얼굴 전체를 감쌌다. 키 작은 풀이 융단처럼 깔린 야트막한 언덕 앞에 다다르자 망허가 내게 사진을 찍어주겠다며 큰 소리로 외쳤다.

"증거를 남겨야지! 여기에 왔었다는 증거 말이야!"

얼굴은 스카프로 칭칭 감싸고 있는 데다가 바람에 몸이 휘청거려 똑바로 서 있을 수가 없었다. 몸에 걸친 코듀로이 코트가 돛처럼 불룩하게 부풀어 올랐다. 카메라를 받쳐 든 망허의 손도 계속 흔들렸으므로 초점이 맞지 않는 흐릿한 사진이 되었을 것이다. 하지만 사진 속 영상이 아무리 흐리 터분하다 해도 그 순간의 즐거움만큼은 아주 선명하게 찍 혔을 것이다. 그건 우리의 행복한 시간을 증명하는 사진이 었다.

자동차 도로지만 자동차는 단 한 대도 구경할 수 없었고, 오가는 사람도 하나 없었다. 거친 모래바람 속에 우리 둘밖 에 없었다. 길이 산허리를 에돌며 이어져 때로는 바람을 맞 으며 걷고, 또 때로는 바람을 등지고 걸었다. 망허는 내 손 을 꼭 쥐고 놓지 않았다. 바람을 맞고 걸을 때는 고개를 숙 이고 내 앞에서 걸으며 바람막이가 되어주었고, 바람을 등 지고 걸을 때는 어깨를 나란히 하고 발이 땅에 닿지도 않는 것처럼 나는 듯이 뛰었다……. 그가 바람 속에서 달리며 목 청껏 소리 높여 노래했다.

"남자와 여자가 변방으로 떠난다……."

해가 저물고 어둑발이 내려앉을 무렵에야 바람이 너누룩 하게 잦아들었다. 초저녁 어스름 사이로 작은 호수 하나가 눈앞에 나타났다. 잔물결 하나 없이 짙푸른 물이 메마른 황톳빛 산모롱이 사이로 구붓하게 들어가 다소곳하고 고즈넉한 분위기를 자아냈다. 호수 뒤편에 작은 마을이 함초롬히 자리 잡고 있었다. 그 마을이 바로 오늘 밤 묵어갈 뉴자바오〔牛家堡〕였다.

3. 사후커우, 사후커우

긴 세월이 지난 후에도 망허는 량자여우팡〔梁家油坊〕, 가
오창쾅〔高牆框〕, 여우위라오청〔右玉老城〕, 사후커우 같은 북부
변방의 지극히 평범한 지명들을 기억해내고는 했다. 그 지
명들은 문신처럼 그의 가슴에 또렷이 새겨져 어디를 가든
그를 따라다녔다.

그것은 그들의 영원한 밀월여행이었다.

여우위 현에 도착하자 날씨가 갑자기 포근해졌다. 산시
성 최북단에서 느지막이 찾아온 황토 고원의 봄과 예기치
않게 마주친 것이었다. 창터우허〔蒼頭河〕의 물길을 따라 계

속 북쪽으로 걸었다. 강줄기가 굽이쳐 들어간 골짜기 속은 예상보다 경치가 훨씬 수려했다. 수줍은 여인의 살풋한 미소처럼 곱고 매혹적인 느낌마저 들었다. 낭창낭창 늘어진 물버들이 여기저기서 수풀을 이루어 멀리서 보면 보랏빛, 초록빛, 담황빛이 절묘하게 어우러졌다. 그건 분명 남부에서나 볼 수 있는 풍경이었다. 버들가지마다 새순이 파릇파릇 돋아나 있었다. 당버들은 북부에서 가장 흔히 볼 수 있는 교목이지만, 이곳의 당버들은 유난히 깨끗하고 힘 있게 뻗어 있었다. 연녹색 잎사귀에 통통하게 물이 오르고, 줄기는 자작나무의 그것처럼 희고 깨끗했다. 수풀 속에서 바스락 소리와 함께 산토끼의 그림자가 언뜻 지나가고, 뒤이어 꿩 한 마리가 알록달록한 오색 깃털을 뽐내듯 수풀 위를 스치고 날아갔다. 까치 한 마리가 강가 모래사장을 폴짝폴짝 뛰어다니며 목을 축이고, 저 멀리 너르게 펼쳐진 풀밭에서는 목동이 소와 말을 풀어놓고 풀을 먹이고 있었다.

길을 떠난 후 줄곧 거친 모래바람과 풀 한 포기 나지 않은 민둥산에 익숙해지고, 고독하게 홀로 선 봉화대와 만리장성의 아스러진 잔해, 적막하고 을씨년스런 변방의 풍경에 길들여졌던 눈이 예상치 않은 도원경을 만나 호사를 누렸다. 두 사람은 누가 먼저랄 것도 없이 풀밭으로 들어갔다. 보드라운 햇살 아래 약간 떫으면서도 비릿한 풀 내음이 짙게 깔려 마치 애무하듯 두 사람의 발걸음을 누긋하게 만들어주었다. 두 사람은 조심스런 걸음으로 오랜만에 만난 싱그러운 풀의 감촉을 발끝으로 느꼈다. 망허가 갑자기 큰 소리로 "하아!" 하고 외치더니 몸을 돌려 예러우를 꽉 끌어안았다.

"왜 그래요?"

예러우가 깜짝 놀라 묻자 망허가 낮은 소리로 속삭였다.

"아무것도 아냐. 그저 당신을 안아보고 싶었어. 봄엔 당신을 안아본 적이 없으니까……."

예러우는 말없이 그의 너른 가슴에 얼굴을 묻었다. 콧잔등이 시큰해졌다. 사탕처럼 달콤한 혀를 가진 남자라고 생각했다. 예러우는 두 팔을 뻗어 망허를 꽉 끌어안았다. 두 사람은 그렇게 끌어안은 채 한참을 풀밭 위에 서 있었다. 농밀한 풀 향기가 급류처럼 그들을 와락 덮쳐 현기증이 일었다. 망허가 고개를 숙여 예러우의 얼굴을 쳐다보다가 나지막이 말했다.

"어떻게 이토록 사랑스러울 수가 있지?"

메에에에……. 느닷없는 양 울음소리가 그들의 밀어를 방해했다. 양 떼 한 무리가 고분고분하게 곁을 지나갔다. 두 명의 목동이 양을 치고 있었다. 큰 아이는 열네다섯 살, 작은 아이는 열두세 살쯤 되어 보이고, 둘 다 손에 양 치는 막대기를 들고 있었다. 나무 장대에 보따리를 걸어 어깨에 걸머진 작은 아이가 호기심 가득한 눈동자를 또릿또릿 굴리며 부둥켜안고 있는 두 남녀를 위아래로 훑어보았다.

"사진 찍으러 다니세요?"

큰 목동이 망허가 메고 있는 카메라를 가리키며 물었다.

두 사람은 서로를 쳐다보며 빙그레 웃었다.

목동은 두 사람을 이 마을 저 마을 돌아다니며 사진을 찍어주는 떠돌이 사진사로 생각했던 것이다. 사실 그런 오해가 처음은 아니었다. 바로 이틀 전 등에 물통을 가득 싣고 가는 당나귀와 노새 여남은 마리와 마주친 적이 있었다. 당나귀와 노새들이 물이 찰랑거리는 나무통을 흔드적거리며 대단한 기세로 언덕을 내려오는 걸 보고 망허가 카메라를 들어 사진을 찍었다. 그런데 그때 언덕 아래에서 누군가 "사진사! 사진사!" 하고 외치는 소리가 들렸다.

한 농가의 작은 뜰에서 젊은 아낙이 손을 휘저으며 그들을 부르고 있었다. 흙 절벽을 파내 토굴을 만들고 나무 창문을 단 집이었다. 깨끗하게 청소된 뜰에 곡식을 널어놓고 말리고 있었다.

"우리를 부르는 건가?"

두 사람은 서로를 쳐다보다가 아낙을 내려다보았다. 처음
에는 아낙이 자신들을 부르는 건지 확신할 수가 없었다.

"사진사! 이리 와요! 사진 좀 찍어줘요!"

두 사람이 동시에 웃음을 터뜨리며 서둘러 대답했다.

"네, 갑니다!"

두 사람이 언덕 아래로 내려갔다. 사나운 검둥개 한 마리
가 그들을 보고 컹컹 짖어대자 꼬마 여자아이가 손으로 개
의 눈을 가렸다. 아낙은 아이를 안은 채 두 사람을 위아래로
훑어보았다.

"지금까지 찍은 사진들을 보여주세요. 잘 찍는지 확인하
고 찍을게요!"

망허가 웃으며 말했다.

"돈 안 받고 찍어드릴 테니까 사진값 대신 아주머니의 이
야기를 하나 들려주십쇼."

아낙의 눈이 화등잔만 하게 커졌다. 망허의 말을 알아듣
지 못하겠다는 표정이었다. 그도 그럴 것이, 그런 난데없는
제안을 누가 알아들을 수 있겠는가? 망허는 아낙의 품에 안
긴 아이를 보며 물었다.

"이 아이의 사진을 찍으시려는 건가요? 자, 아이를 어디
에 앉히면 좋을까요?"

망허는 사방을 둘러보더니 손가락으로 땅바닥에 널려 있는 곡식들을 가리켰다. 노릇노릇한 황금빛 곡식 위로 햇빛이 부서져 내리고, 잘 영근 알곡마다 구수한 향내가 은은하게 풍겼다.

"여기가 좋겠군요. 아이를 저 위에 내려놓으세요."

이 성질 급한 아낙은 그제야 그들이 떠돌이 사진사가 아니라는 것을 알아차렸다. 하지만 그들이 도대체 뭘 하려는 것인지는 짐작할 수가 없었다. 하지만 결국 그들은 아이와 곡식, 어린 소녀와 검둥개, 그리고 토굴, 맷돌, 토굴 위의 대추나무, 말갛게 씻고 나온 듯 파란 하늘을 배경으로 한 여인의 사진을 찍었다. 그들은 여인의 주소를 받아 적을 때가 되어서야 이 작은 마을의 이름이 '자오제〔交界〕'이고, 아낙의 이름이 '스구이화〔石桂花〕'라는 것을 알았다. 그런 다음 그들은 스구이화의 집 구들 위에서 맛있는 점심을 먹을 수 있었다. 귀리로 만든 위위와 절인 배추 볶음, 양고기와 밤버섯을 함께 볶아낸 음식이 상에 올라왔다.

아낙으로부터 그녀의 시아버지에 대한 이야기를 들을 수가 있었다. 노름꾼인 시아버지가 젊은 시절 변방으로 나갔을 때의 이야기였다.

햇살이 흩어져 내리는 풀밭에서 두 양치기 목동이 호기심 섞인 눈으로 그들을 물끄러미 쳐다보았다.

"사진사들이죠? 그렇죠?"

망허가 미소로 대답했다.

"그래 맞아. 너희들도 사진 찍어줄까?"

"한 장에 얼마예요?"

목동은 여전히 경계심을 풀지 않고 망허의 눈빛을 살폈다.

망허가 흔쾌히 대답했다.

"공짜란다!"

두 아이의 눈이 두 배로 커졌다.

"돈은 받지 않아. 우린 사진을 찍어주고 이야기를 들으러 다니는 사람들이란다. 하지만 너희들에겐 특별히 이야기를 듣지 않고 공짜로 사진을 찍어주마!"

두 목동들은 멀뚱멀뚱 서로의 얼굴을 바라보았다. 마침내 큰 아이가 물었다.

"기자들이세요?"

망허가 대답했다.

"그런 셈이지. 자, 둘이 다정하게 서보렴!"

그렇게 해서 카메라 렌즈가 목동 형제를 향했다. 목동들 뒤에는 양들과 햇빛에 부딪혀 은빛 비늘처럼 반짝이는 창터우허가 유유히 흘렀다. 작은 아이는 눈썹에 잔뜩 힘을 준 채 아무 말 없이 보따리를 들고 섰고, 큰 아이는 천진한 미소를 엷게 지었다. 예러우도 아이들을 향해 미소 지었다.

예러우가 큰 아이에게 물었다.

"사진을 어디로 부쳐줄까?"

"차여우중 기〔察右中旗〕 광창룽 향〔廣昌隆鄕〕 황양거우 촌〔黃羊溝村〕이요."

작은 아이가 형보다 앞질러 대답했다.

예러우가 멈칫 놀랐다.

"차여우중 기라고? 네이멍구에 있는 곳 말이니?"

"네. 네이멍구에 있어요. 거기가 우리 집이에요. 남의 집 양을 쳐주려고 이 쉬 촌〔徐村〕에 온 거예요."

큰 아이가 대답했다.

예러우의 얼굴에서 미소가 싹 가셨다. 이 어린 나이에 돈을 벌기 위해 타향살이를 하고 있는 두 목동을 다시금 뜯어보았다. 용감하고 어른스러운 두 형제에게 무슨 말을 해주면 좋을지 생각나지 않았다. 예러우가 작은 아이의 머리를 쓰다듬어주려다가 너무 경솔한 행동인 것 같아서 그만두었다. 그러고는 못내 안쓰러운 눈길로 작은 아이를 향해 고개를 끄덕여주었다.

"사진을 인화할 수 있는 곳을 찾으면 곧장 너희 사진을 이 주소로 보내줄게. 차여우중 기 황양거우 촌 맞지? 그러면 엄마가 너희들 모습을 보실 수 있겠구나. 아, 맞다. 넌 좀처럼 웃지 않더구나. 웃는 얼굴을 찍어 보내야 엄마가 마음을 놓으시지 않겠니? 자, 다시 찍자. 이번엔 밝게 웃으면서 찍어보자. 어때?"

이번에는 작은 아이도 카메라 렌즈를 향해 웃어 보였다. 찬바람과 햇볕에 시달려 부르터 갈라지고 검붉게 그은 얼굴이 환한 미소 지으니 세상 만물이 일시에 피어나는 것 같았다. 양털처럼 새하얀 치아 위에서 미소가 찬연히 빛났다. 타지로 떠나보낸 작은아들의 이런 미소를 본다면 엄마는 분명 자랑스러움과 애끓는 슬픔을 동시에 느낄 것이다.

예러우와 망허 두 사람은 정말로 그 '차여우중 기'라고 불리는 곳에 가게 되었다.

시간은 그로부터 보름 후였다. 계절은 이미 늦봄으로 접어들고 있었다. 정오밖에 되지 않았는데도 벌써부터 햇볕이 작렬해 허타오〔河套〕 평원을 따끈하게 데웠다. 사후커우로 나온 그들은 결국 차를 타고 후허하오터로 가는 방법을 택했다. 사후커우에서 망허가 병이 나는 바람에 일주일이나 시간이 지체됐기 때문이었다. 사후커우에 도착한 날 저녁, 망허는 한밤중부터 고열과 심한 복통이 시작되더니 설사가 멈추지 않는 것이었다. 배가 두 동강 날 것처럼 아프고 뒤틀려 견딜 수가 없었다. 결국 급성 장염—어쩌면 이질일 수도 있었다—이 그들의 계획을 변경시켰다. 그 사실이 망허를 좌절과 절망에 빠뜨렸다. 펑루에서 사후커우까지 고작 이백여 킬로미터의 도보 여행이 키 백칠십팔 센티미터의 건장한 남자를 쓰러뜨렸다니! 망허는 작은 마을의 보건소에서 링거를 맞았다. 예러우가 잠시도 그의 곁을 떠나지 않고 땀을 닦아주고 화장실까지 부축해주고, 주사액이 떨어지는 속도를 체크하는 등 정성스럽게 병간호를 했다. 망허는 병상에 누운 채 똑같은 말만 되뇌었다.

"아파도 싸지. 그 맥주를 마시는 게 아니었어. 그 맥주가 문제였던 거야!"

"아마도요."

예러우가 덤덤하게 대답했다.

"어쩐지 마시면서도 느낌이 좋지 않더라니. 그렇게 탁한 맥주는 처음이었어."

"맞아요. 마시면서도 이상하다고 했었잖아요."

"그런데 왜 말리지 않은 거야?"

"미안해요."

망허는 "왜 날 말리지 않은 거지?"라고 바투 물었지만, 예러우의 대답은 미안하다는 것뿐이었다. 모든 게 다 그녀의 잘못인 것처럼, 모든 게 다 그녀가 말리지 않은 탓인 것처럼……. 하지만 그가 정말로 말하고 싶은 건 그게 아니라는 것을 두 사람 모두 알고 있었다.

며칠 후 망허의 건강은 회복되었지만, 계속된 설사로 인해 며칠 사이 한눈에 봐도 안쓰러울 만큼 해쓱하게 야위어 있었다. 그사이 예러우는 진정부(鎭政府)의 전화를 빌려 지도 교수에게 연락을 했다. 지도 교수는 예러우에게 돌아와야 할 기한을 정해주었다. 당초 계획보다 앞당겨진 것이었다. 하는 수 없이 그들은 허타오 평원을 도보로 여행하겠다는 계획을 포기하고 장거리 버스에 몸을 실었다.

사후커우를 떠나기 전날 해가 뉘엿뉘엿 기울어질 무렵, 망허와 예러우는 산잔등에 올라 명나라 때 만리장성의 유적을 둘러보았다. 두 사람은 발아래 펼쳐진 도시와 멀리 보이는 산봉우리들을 묵묵히 조망했다. 옛날에는 그곳이 만리장성의 가장 중요한 요충지 가운데 하나였다. 당나라 때에는 백랑관(白狼關), 송나라 때에는 아랑관(牙狼關)이라고 불린 군사적 요충지였으며, 청나라 이후에는 변방과 허타오

평원, 몽고고원, 그리고 그보다 훨씬 먼 울란바토르와 러시아의 시베리아로 통하는 중요한 통로로서의 기능을 수행했다. 지금도 산시와 후허하오터 사이를 오가는 장거리 버스가 그곳을 통과하고 있었다.

만리장성은 오랜 세월 비바람에 깎이고 시달려 이미 원래 모습을 알아볼 수 없을 만큼 심하게 훼손됐지만, 잔해가 남은 일부 구간에서는 여전히 그 완강하고 꼿꼿한 절개를 유지하며 능선을 따라 웅비하듯 꿈틀거리고 있었다. 서쪽 하늘에서 태양이 이지러진 핏빛 조각만 남은 채 마지막 안간힘을 쓰고 있었다. 하루 중 가장 애잔한 이 시간, 산세에 의지해 근근이 남아 있는 잔해들이 만리장성의 산화되지 못한 백골처럼, 혼백처럼 느껴졌다. 예러우는 남아 있는 흙벽을 가만히 어루만졌다. 순간 감당하기 힘든 비통함과 미련이 그녀를 와락 덮쳤다. 망허가 그녀를 감싸 안았다. 두 사람은 만리장성의 백골 위에 서서 석양이 서쪽 산봉우리 속으로 장렬히 녹아내리는 광경을 조용히 바라보았다. 그토록 장엄한 낙조는 태어나서 처음 보는 것이었다.

"정말 아름다워요! 사후커우, 안녕……."

예러우가 얕은 탄식을 토해냈다.

어스름이 내려앉을 때쯤 망허가 뜬금없이 입을 열었다.

"미안해……."

예러우가 고개를 돌려 그를 쳐다보았지만, 망허는 차마 눈을 마주치지 못하고 어둠이 스며드는 산자락에 시선을 고정시켰다.

"요 며칠 내게 셀 수 없을 만큼 미안하다는 말을 반복했지. 하지만 정말로 미안한 건 바로 나야……. 예러우, 고마워……."

예러우가 소리 없이 미소 지으며 아무 대답도 하지 않았다.

"왜 날 원망하지 않는 거야? 내가 그렇게도 억지를 부렸는데, 철없는 어린애처럼 말도 안 되는 투정을 부리는데도 왜 날 나무라지 않았어?"

예러우가 가볍게 고개를 저었다.

"남자들은 늙어 죽을 때까지 철들 수는 없는 거래요."

뜻밖의 대답에 망허가 눈을 둥그렇게 뜨고 쳐다보자 예러우가 빙긋이 웃었다.

"내가 지어낸 말이 아니에요. 폴 엘뤼아르가 그랬어요. 당신과 같은 시인이 한 말이에요."

망허도 미소 지으며 예러우의 애처로운 어깨를 더 세게 끌어안았다. 그녀의 어깨는 세게 안으면 당장이라도 아스러질 것처럼 가냘프지만, 실은 그 누구보다도 넓고 강인했다. 병상에서 혼미하고 몽롱한 의식과 사투를 벌이는 동안 타향의 어슴푸레한 등불 아래서 그는 어머니가 곁에 있는 듯한 착각에 빠졌다. 어머니의 손이 자신을 어루만지고, 자신을 위해 궂은 병수발을 해주고 있다고 생각했다.

"당신 고열로 혼수상태에 있으면서 계속 '엄마, 엄마' 하고 부른 거 알아요? 어린애처럼……."

예러우의 말투가 그 어느 때보다도 따뜻했다.

어느새 달이 떠올랐다. 샛말가니 밝고 투명한 보름달이었다. 산바람이 일기 시작했다. 시리도록 맑은 달빛 아래 부는 산바람이 호방하면서도 구슬픈 분위기를 자아냈다. 변방으로 나가기 전 마지막 밤이었다. 이 밤이 지나면 만리장성과도 작별을 고해야 했다. 누구도 먼저 자리를 뜨지 못하고 서로를 꼭 끌어안은 채 바람 속에 서 있었다.

예러우가 말했다.

"천 년 전에 여기에 왔었던 게 틀림없어요……. 내 말 믿을 수 있어요?"

"잘 모르겠어."

망허의 솔직한 대답에 예러우는 언제나처럼 너그러운 미소를 지었다.

"천 년 전/한 여인이 당나라의 산꼭대기에 서 있었네/그들은 그곳에 함께 비밀을 묻었다네……. 예러우, 이제 우리 둘이서 한 편의 시를 써나가는 거야."

예러우의 가슴에 훈기가 전해졌다. 맞아. 그게 무슨 비밀이었을까? 그녀는 왜 아는 이 하나 없는 황량하고 낯선 타향에 온 걸까? 무엇이 그녀를 이 적막한 땅에 이토록 연연하게 만든 걸까? 무엇이 그녀의 마음을 뒤흔든 걸까? 남들은 관심 없는 '이주'라는 주제에 왜 이렇게 집착하는 걸까? 예러우 자신도 알 수 없었다. 아니, 아마 영원히 알 수 없을 것이다. 어쨌든 그녀는 자신의 다리로 한 걸음 한 걸음씩 걸어 그 땅을 찾아왔고, 또 그 땅을 건너고 있었다. 1980년대 중반, 교통수단이 발달한 이 시대에도 그녀는 가장 오래된 방식으로 이 땅에 대한 경외감을 표현하고 있었다. 마치 생명을 바치는 의식을 치르기라도 하듯…….

이튿날 아침 여우위 현에서 출발한 장거리 버스가 그들을 후허하오터로 실어다주었다. 거기서 지나가던 트럭을 얻어 타고 우란차부맹〔烏蘭察布盟〕의 맹정부 소재지인 지닝 시〔集寧市〕로 향했다. 예러우의 지도 교수가 가르쳤던 한 제자가 이곳의 사범학교에서 교편을 잡고 있었다. 그는 두 사람에게 차여우중 기에 가볼 것을 제안했다. 그곳에 산시 성에서 이주해온 사람들이 많이 살고 있고, 그들의 원래 목적지인 쓰즈왕 기보다 더 일찍 개발이 시작된 곳이라고 했다.

그렇게 해서 두 사람은 목동 형제의 고향으로 가게 되었다.

차여우중 기의 예전 명칭은 타오린[陶林]이었다. 그들이 답사 중에 만난 사람들에게 익히 들어온 지명이기도 했다. 한 번이라도 변방에 와봤던 사람이라면 그곳에 대해 얘기하지 않는 사람이 없었다. 그들의 인생을 변화시킨 수많은 이야기들이 바로 그곳에서 발생했기 때문이었다. 지도 교수의 제자는 그들에게 현지의 문화원과 학교에서 근무하는 친구 몇 명을 소개해주었다. 그들은 아주 옛날에는 그곳이 타오린이 아니라 커부얼[科布爾]이라고 불렸다는 사실을 알려주었다. '커부얼'이란 몽고어였다. 왕(王) 씨 성을 가진 한 친구는 그게 '푸른 호수'라는 뜻이라고 했고, 위(余) 씨 성을 가진 또 다른 친구는 '보드랍다'라는 뜻이라고 했다. 이곳에 소택지가 많아서 붙여진 이름이지만, 또 한편으로 가축을 방목하던 시절 이곳에서는 양모를 절대 깎지 않고 저절로 빠질 때까지 내버려두었는데 그렇게 빠진 양모들이 땅 위에 수북이 쌓여 바닥이 양탄자처럼 부드럽고 폭신폭신했기 때문에 붙여진 이름이라고 설명했다.

어쨌든 풍요롭고 아름다운 곳임은 분명했다. 풀이 무성하고 물이 맑아 소와 양들이 윤기가 자르르 흐르고 토실하게 살이 올라 있었다.

'이싱취안〔義興全〕'이라는 명칭을 처음 들은 건 왕 선생의 이야기 속에서였다. 그들은 술상에 둘러앉아 왕 선생의 가족사를 듣고 있었다. 그의 가족이 변방에 뿌리내리게 된 건 할아버지 대부터였다. 그의 조부가 젊은 시절 산시 성 딩샹〔定襄〕을 떠나 돈을 벌기 위해 처음 변방으로 왔다. 조부는 뭐든 가리지 않고 닥치는 대로 일하며 악착같이 돈을 모았고, 마침내 커부얼에서 십수 리 떨어진 곳에 '이싱취안'이라는 상호를 내건 자신의 가게를 열게 되었다. 처음에는 옷감과 말을 파는 가게였는데, 나중에 자기 땅을 갖게 되고 사람을 시켜 농사를 짓기 시작하면서 점점 규모가 커져 '이싱취안'이라는 마을을 형성하게 된 것이었다.

예러우가 불현듯 떠오르는 게 있었다.

"왕 선생님, '광창룽'이라는 마을의 이름도 상호에서 따온 건가요?"

"그렇습니다. 커부얼에는 광창룽, 광이룽〔廣益隆〕, 이싱취안 등등 상호가 마을 이름이 된 곳이 많죠."

"이유가 뭔가요?"

예러우가 몸을 앞으로 당기며 물었다.

"그 마을들이 모두 상점에 속한 땅이었기 때문입니다. 당시 커부얼은 풀만 무성하게 자라는 목축지였죠. 아무도 그 땅에서 농사를 지으려 하지 않았답니다. 크고 작은 연못과 호수가 아흔아홉 개나 있고, 여름이 되면 풀이 사람 허리 위까지 자랐다는군요. 그러자 이곳 정부가 산시 성에서 온 상인들에게 땅을 나누어 팔았지요. 각자의 상호를 걸고 정해진 시간 내에 말을 타고 달린 만큼의 땅을 살 수 있도록 해 준 겁니다. 땅을 가지게 된 상인들은 고향에서 사람들을 불러다가 자기 땅에서 농사짓는 일을 시켰습니다. 물론 서양 담배라고 불리는 양귀비도 심었죠. 어떤 이들은 봄부터 가을까지만 머물며 농사를 지었고, 어떤 이들은 아예 이곳에 정착했습니다. 그러면서 점점 마을이 형성되고 대대로 농사를 지으며 살게 된 겁니다. 산시 성의 풍습이 그대로 옮겨지면서 저절로 이곳이 개발되기 시작했죠."

"아! 그랬군요!"

예러우의 얼굴이 상기되기 시작했다. 그건 예러우가 이번 답사에서 처음 찾아낸, '산시 상인', 또는 '진상(晋商)'이라 불리는 그 특별한 사람들의 흔적이었다. 정사에는 단 한 글자도 언급되지 못한 그 역사를 찾아낸 것이었다. 그녀는 그

흥분을 만끽하며 차여우중 기의 거리 곳곳을 돌아다녔다. 이제는 그들의 지명이 된 상호의 흔적, 역사를 직접 대면할 수 있는 단서를 조금이나마 찾아내고 싶었던 것이다. 물론 그녀는 아무런 수확도 얻지 못했다.

황량한 들판에 노을빛이 서서히 배어들고 또 하루가 저물어갔다. 예러우와 망허는 조붓한 골목에서 한 '악단'과 마주쳤다. 멀리서 북 치고 피리 부는 소리가 낭자하게 울려 퍼졌다. 골목 안 어느 집에서 초상이 나서 광창룽에서 악단을 데려다가 망자의 혼백을 떠나보내는 의식을 치르고 있었다. 두 사람도 구경꾼들 틈에 끼어 수르나이(우리나라의 태평소와 흡사한 관악기)의 높고 쟁쟁한 소리에 귀를 기울였다. 왁자함과 비통함이 갈마드는 묘한 분위기였다. 구경꾼들이 "떠돌이 악단보다 훨씬 낫구나!"라고 소리쳤지만, 예러우와 망허는 '떠돌이 악단'이 어떤 이들을 말하는 건지 알 수 없었다.

악단이 연주하는 것은 산시 성의 민가였다. 노래가 바뀔 때마다 누군가 옆에서 노래의 제목을 일러주었다.

"〈저우시커우〉요!"

과연 수르나이 소리가 잠시 멈추더니 이내 곡조가 바뀌어 여인의 구슬픈 노랫소리 같은 음악이 시작되었다.

"내 님이 사후커우를 떠나네. 소녀는 차마 떠나보낼 수가 없다네……."

수르나이가 흐느끼고 있었다. 그건 산시 성 여인들이 수백 년 동안 흘린 눈물과 한 많은 넋두리가 응어리져 터져 나오는 소리였다. 헤아릴 수 없이 많은 여인들이 대대로 고향의 절벽과 마을 어귀에 오도카니 선 채 황토 먼지 자욱한 길과 아스라한 하늘가를 바라보며 그렇게 울부짖었을 것이다. 산시 여인들이 목울대가 찢어지고 피눈물이 강이 되도록 울부짖은 덕분에, 산시의 남자들이 풀이 나는 곳마다 각자의 상호를 걸고 농사를 짓고 마을을 이루며 살 수 있었던 것이리라.

수르나이의 흐느낌이 가슴을 헤집었다. 예러우의 얼굴은 이미 눈물범벅이 되어 있었다.

이튿날 그들을 태운 버스가 광창룽에 도착했다.

4. 묘비명

후허하오터에서 출발한 장거리 버스가 황양청〔黃羊城〕에
도착했을 때는 이미 저녁 일곱시 무렵이었다. 황토 먼지를
뒤집어써 호졸근해진 버스가 희부연 먼지 속에 그들을 내
려놓고는 덜커덩거리며 다시 길을 떠났다. 그곳이 바로 광
창릉이었다. 창망한 들판 위로 어둑신한 저녁 안개가 내려
앉고, 저 멀리 완만하게 이어진 산봉우리의 설핏한 윤곽이
새파란 보리밭을 에워싸고 있었다. 잔잔하게 남실거리는 능
선 사이로 유독 인궁 산〔銀弓山〕만 우뚝 솟아올라 짙푸른 위
용을 자랑하고 있었다. 깎아지른 듯 돌연히 솟아오른 봉우
리에서 웅혼한 기상이 느껴졌다.

인궁산 위에 걸렸던 태양이 가파른 산잔등을 타고 천천히 미끄러져 내렸다.

황양청에는 여관이 없었기 때문에 광창룽 향의 관청을 찾아가 하룻밤 묵어가기로 했다. 그런데 공교롭게도 그날 광창룽 향 관할구역의 부맹장과 기장(旗長)들을 비롯해 그들의 수행원들이 시찰을 나오는 바람에 관청 전체가 눈코 뜰 새 없이 바빴다. 외지에서 온 젊은이 두 사람에게 눈길을 보내는 사람이 하나도 없었다. 두 사람은 하는 수 없이 밖으로 나와 서로를 쳐다보며 그저 웃기만 했다.

망허가 어깨를 으쓱였다.

"제길. 이럴 줄 알았으면 성장(省長)이 되는 건데 그랬어."

예러우도 망허를 흉내 내 어깨를 으쓱여 보였다.

"당신이 성장이 아니란 게 이렇게 안타까울 줄 누가 알았겠어요. 시인 선생님, 황양거우 촌은 여기서 얼마나 먼가요?"

"지도상으로 보자면 십여 리쯤 되는 것 같아. 설마 밤길을 걸어갈 생각은 아니겠지?"

"왜요? 싫어요?"

예러우가 반문으로 대답을 대신하자 망허가 겁을 주었다.

"늑대가 나타날 텐데."

"노숙해도 늑대 밥이 되긴 마찬가지잖아요."

예러우가 생긋 웃자 망허도 웃어 보였다. 하지만 하루 종일 쉬지 않고 돌아다니느라 지치고 배도 고플 텐데 십여 리 밤길을 더 걷는다면 정말로 예러우의 몸이 견뎌내지 못할 것 같았다.

"당신이 걱정돼서 그래. 정말 괜찮겠어?"

"내가 걷지 못하면 업고 가겠다고 하지 않았어요?"

몇 년 후에도 망허는 예러우의 그 말을 잊을 수가 없었다. 그건 예러우가 그의 앞에서 처음이자 마지막으로 보여준 어리광이었다. 젊은 여자에게는 결코 쉬운 여행이 아니었다. 다 쓰러져가는 토굴에서 꾀죄죄한 이불을 덮고 새우잠을 자고, 낯선 사람들의 홀대와 혹독한 바람과 햇볕에 시달리면서도 그녀는 단 한 번도 그에게 투정이나 어리광을 부린 적이 없었다. 그녀의 입에서 피곤하다, 배가 고프다, 어디가 아프다, 가렵다, 힘들다 등등의 약한 말은 단 한 마디도 나온 적이 없었다. 그녀의 뼈만 남은 앙상한 몸이 피와 살이 붙은 사람의 육신이 아닌 것 같은 착각마저 들었다. 그 점이 망허를 놀라게 했다. 그때까지만 해도 망허는 그녀의 몸이 보통 사람들보다 강인하고 신으로부터 특별히 보호받고 있는 불굴의 육체인 줄만 알았다.

관청으로 돌아가 정문을 지키는 경비에게 정확한 방향을 물어본 후 곧장 길을 떠났다. 넓고 평탄한 길 위로 우련한 달빛이 나부룩이 내려앉아 있었다. 보름달이 아니라 반달이었다. 고개를 들어보니 빽빽한 별무리가 온 하늘 가득 들어차 있었다. 하늘이 그 무게를 감당하지 못해 금시라도 와그르르 쏟아져 내릴 듯 위태로워 보였다. 숨 막히게 농밀하고 고요한 별빛이 땅 위의 모든 것을 압도했다. 보리 순의 청초한 향기가 밤바람에 두둥실 실려와 코끝에 걸렸다. 너르게 펼쳐진 보리밭의 끝자락에서 벌레 퇴치용 자외선 불빛이 듬성듬성 바람에 어룽거렸다.

"반달이 떠오른다. 이라라, 둥실둥실 떠오른다……."

망허가 달맞이 노래를 흥얼거렸다.

"우리 님 화장대를 비추네. 이라라, 화장대……."

예러우도 나지막한 소리로 따라 불렀다.

"휘영청 밝은 달이 떠오르면 우리 님 생각이 난다네……."

망허가 또 다른 달 노래를 불렀다.

"내 님이 달처럼 하늘로 올라갔구나. 하늘로 갔구나. 산골짜기 시내에 물이 흐르네……."

예러우가 반 소절쯤 또 따라 불렀다.

두 사람은 그렇게 밤길을 걸었다. 한 곡, 또 한 곡 끊김 없이 이어 불렀다. 그러고 보니 동서고금을 막론하고 세상에는 달에 관한 노래가 헤아릴 수 없이 많았다. 망허가 노래를 뚝 멈추더니 예러우 앞으로 성큼 다가서서 허리를 굽혔다.

"자, 올라와!"

예러우는 어안이 벙벙했다.

"뭘 하는 거예요?"

"올라오라니까. 걷지 못하면 업어달라고 했잖아?"

"아직 걸을 수 있어요."

"아냐. 걸을 수 없어!"

"걸을 수 있어요!"

"걸을 수 없는 셈 치면 안 되겠어?"

망허가 고개를 돌려 달빛이 은은히 비낀 그녀의 눈동자를 쳐다보았다. 심연처럼 깊고, 밤처럼 검고, 호수처럼 고요한 눈동자였다. 두 사람은 시간이 멈춘 듯 서로를 응시했다. 예러우가 먼저 수줍은 웃음을 지었다.

"노래 한 곡 부를 동안 만이에요."

망허가 예러우를 번쩍 업어 올렸다.

망허는 그녀를 업고 달빛을 밟으며 천천히 걸음을 옮겼다. 싱싱한 향기가 코를 간질였다. 밤은 끝없이 광대했고, 그들은 한없이 왜소했다. 망허의 등에 엎드린 예러우는 방

주에 몸을 실은 것처럼 그의 발걸음에 따라 너울거렸다. 차분한 정적과 훈기가 두 사람을 에워쌌다.

"망허……."

"응?"

"솔직히 한 발짝도 더 못 걷겠어요."

"왜 진작 말하지 않았어?"

"그런 적이 너무 많아서요……. 더 이상 못 걷겠다 싶을 때 '괜찮아. 망허가 있으니 두려울 게 없어. 내가 쓰러져도 업고 갈 테니까'라고 생각했어요……."

"하지만 한 번도 못 걷겠다고 말하지 않았잖아. 왜 업어달라고 하지 않았어?"

"지금 업혀 있잖아요……. 당신 정말 힘이 세군요."

이 평범한 말 한마디에 망허의 눈에서 눈물이 울컥 쏟아질 뻔했다. 왜 그런지는 그 자신도 알 수 없었다. 망허가 대뜸 말했다.

"한평생 이렇게 걷지 않겠어? 나와 함께?"

마침내 그 말을 하고야 말았다. '한평생', '영원히'라는 그 금기의 말을 입 밖에 내고야 말았다. 자기 입으로 이토록 굳은 맹세를 했다는 사실에 망허 자신도 놀랐다.

한참 만에 예러우가 탄식하듯 입을 열었다.

"그러지 말아요. 그러다 내가 진짜로 믿어버리면 어떡하려고 그래요? 그런 건 원치 않아요. 당신이 한평생……."

"다음 생에 다시 태어난대도."

망허가 그녀의 말문을 가로막았다.

예러우가 망허의 등을 꼭 끌어안고 얼굴을 그의 목덜미에 가져다 댔다. 뜨거운 무언가가 아주 천천히 그의 목덜미를 적셨다. 이 소리 없이 흐르는 눈물에 망허의 가슴이 저릿저릿했다. 그녀에게서 왜 이렇게 근원을 알 수 없는 원시적인 슬픔이 느껴지는지 망허도 도무지 알 수가 없었다. 원시적인 슬픔, 그것이 바로 망허의 마음을 흔드는 가장 신비로운 힘이었다.

그날 밤 두 사람은 아홉시가 가까워서야 비로소 목동 형제의 집 앞에 다다랐다. 문을 두드리자 온 마을의 개들이 모두 깨어나 컹컹 짖어댔다. 이튿날 아침, 어젯밤 장치스이〔張七十一〕의 집에 손님이 찾아왔다는 것을 모르는 사람은 이 마을에 하나도 없었다.

장치스이는 목동 형제의 할아버지로 예순이 갓 넘었는데 관절염 때문에 걸을 때 다리를 심하게 절름거렸다. '칠십 일'이라는 뜻의 이 특이한 이름은 노인의 할아버지가 일

흔한 살에 그가 태어났다고 해서 붙여진 것이라 했다. 이 년 전 노인의 아들, 그러니까 목동 형제의 아버지가 타지에서 막노동을 하다가 사고로 세상을 떠나고, 아내까지 병들어 빚에 쪼들리게 되자 어쩔 수 없이 두 어린 손자를 남의 집 양치기로 보낸 것이었다.

목동 형제의 엄마 후둥제(胡冬姐)는 아들들의 사진을 받아 들자마자 손을 부들부들 떨었다. 두 줄기 굵은 눈물이 하염없이 볼을 타고 흘러내렸다.

몇 장의 사진 덕분에 망허와 예러우는 장 씨 가족들에게 귀한 손님이 되어 융숭한 대접을 받았다. 후둥제가 불을 피워 밥을 짓기 시작했다. 국수 반죽을 밀고, 계란을 부치고, 파를 다져 볶았다. 늦은 저녁밥을 대접한 후에는 얼마 전에 시집온 이웃의 새색시에게서 새 이불 두 채를 빌려다가 잠자리를 마련해주었다. 이불은 묵직하면서도 폭신하고 새 면화의 향내와 햇볕 냄새가 폴폴 풍겼다. 망허는 목동 형제가 기거하던 작은 방에서 자고, 예러우는 후둥제와 함께 구들에서 자기로 했다. 두 사람 모두 오랜만에 눅지근한 몸을 편히 누이고 깊이 잠들 수 있었다. 답사를 시작한 후로 덮었던 이불 중에서 제일 깨끗하고, 푸근한 인정이 담뿍 담긴 이불이었다.

다음 날 아침 식사가 끝난 후 두 사람은 장치스이에게 이 마을의 역사와 장 씨 일가의 가족사에 대해 이야기를 들었다. 그곳이 아직 목축지였을 때 장치스이의 선대 조상인 장산〔張善〕이 고향인 산시 성 신저우〔忻州〕를 떠나 이곳으로 이주했다. 처음에는 남의 집에서 머슴 일을 하며 땅을 일구는 일을 했지만, 착실히 돈을 모아 땅 주인에게 황무지를 사들인 다음부터는 직접 밭으로 개간해 자기 집과 밭을 가지게 되었다고 했다.

정확한 시기는 기억나지 않지만 한때 정부에서 이곳 땅을 사려는 사람들에게 말을 타고 힘껏 달리다가 말이 지쳐서 멈추는 지점을 자기 땅의 경계로 삼게 한 적이 있었다. 땅이 얼마나 넓었을지 길게 설명할 필요도 없었다. 그렇게 해서 산 땅에 농사를 짓다가 작물이 잘 자라지 않으면 남에게 돈을 받고 팔고는 했는데, 장산과 동생 장량〔張良〕이 사들인 땅도 바로 이런 황무지였다. 두 형제는 큰마음 먹고 빚을 내서 광창룽으로부터 황무지를 사들인 다음 밧줄로 울타리를 쳐놓고 농사를 짓기 시작했다. 처음 그 땅을 샀을 때는 쑥이 지붕 높이만큼 자라나 황양(黃羊, 중앙아시아, 몽골 등에 서식하는 양의 일종. 몽골가젤이라고도 부른다)들이 쑥덤불 사이를 제 집처럼 드나들고 있었다. 두 형제는 띠를 엮어 천막처럼 세운 다음 바닥에 구덩이를 깊이 파내고 쑥대를 위에 깔았다. 그게 바로 그들의 첫번째 집이었다.

그날 밤 두 형제는 늑대 울음소리에 뒤척이며 애써 잠을 청했다. 너른 초원을 덮은 밤하늘에 별들이 가득 반짝였지만, 그들과는 아무 관계도 없는 풍경이었다.

다음 날부터 개간이 시작되었다. 밭을 갈아 이랑을 내고, 계절에 맞추어 보리와 밀, 귀리, 유채, 참깨, 마를 심었다. 물론 양귀비도 심었다. 양귀비꽃이 피어나자 황무지가 온통 꽃밭으로 변했다.

그렇게 일 년이 가고, 또 일 년이 지나면서 그곳에 마을이 생겨나고 집이 지어졌으며, 가축을 기르고 아내도 얻었다. 여자들이 자식을 낳아 그 자식들이 자라고, 다른 성을 가진 사람들이 하나둘씩 이주해 왔다. 사람이 늘어나자 민가도 많아지고, 기르는 가축도 늘어나고, 시집오는 여자들도 많아졌다. 닭이 울고 개가 짓고, 밥때가 되면 굴뚝마다 연기가 사리사리 피어올랐다. 마을의 이름은 여전히 '황양거우 촌'이었지만, 더 이상 황양은 그림자도 찾아볼 수 없었다.

사람 사는 곳에는 자연히 흥망성쇠가 있는 법. 이 작은 마을에도 두 집안의 흥망이 교차한 이야기가 깃들어 있었다. 패가망신의 이유가 대부분 그러하듯, 장 씨 집안의 한 가장

이 양귀비에 취해 가산을 탕진하자 원래 장 씨 집안에서 머슴살이를 하던 이 씨 집안의 운명이 뒤바뀌게 된 것이었다. 주인이 땅을 팔고 머슴이 땅을 사니, 주인과 머슴의 처지가 하루아침에 역전되었다. 이 씨 집안은 그때부터 황양거우 촌 최고의 부자가 되었다. 몸집이 큰 가축만 대충 헤아려도 백 마리가 넘고, 소도 열예닐곱 마리나 되었으며, 땅이 넓어 쟁기질을 할라치면 그 소들을 한꺼번에 묶어서 땅을 갈아야 했다. 장작이 산더미처럼 쌓이고, 곡식은 감당할 수 없을 만큼 넘쳐나 아예 방아를 설치해놓고 직접 곡식을 찧었다. 어느 해에는 곡식 창고에 불이 났는데 꼬박 두 달이나 꺼지지 않고 활활 타올랐다고 했다. 고래 등 같은 집을 짓고 정원도 가꾸었으며, 집에 포대를 쌓아놓고 토적에게 방어하기 위한 방범대까지 거느렸다.

그런데 장 씨 집안이 비록 몰락하기는 했지만 근방 사람들은 지금도 장 씨 집안이 처음 황양거우 촌을 일으켰다는 걸 잘 알고 있었다.

장산과 장량에서 장치스이에 이르기까지 장 씨 집안은 황양거우 촌에서 이미 육 대째 뿌리내려 살고 있었다.

1950년대 장 씨 집안의 한 친족이 돈 일 위안과 옷감 한 자 반을 배급받을 수 있는 배급표를 주고 장 씨 집안의 족

보를 만들었는데, 이마저도 누군가에 의해 불태워졌다고 했다. 그 족보에 올라 있던 황무지를 개간한 조상들은 고향으로 돌아가지 못하고 이곳에 곤히 잠들어 있었다.

하늘 꼭대기에 매달린 정오의 태양이 '시포〔西坡〕'라고 불리는 땅을 머리 위에서 똑바로 내리쬐었다. 하늘과 땅 사이의 빈 공간에 무덤 다섯 개가 웅기중기 모여 공활한 창공을 머리에 인 채 숙연하게 버티고 있었다. 멀리 보이는 야트막한 구릉에는 갈아놓고 파종하지 않은 땅이 금가루처럼 조용히 흘러내려 있었다. 사방을 둘러보아도 보이는 거라고는 파종하지 않은 적막한 땅과 메마른 흙뿐이었다. 눈이 아리게 창대한 황무지 한가운데에 다섯 개의 무덤만이 휑뎅그렁하게 솟아 있었다. 덩그마니 웅크린 무덤에서 형언할 수 없는 고독감과 비장함이 감돌았다. 다섯 개의 무덤에 말라비틀어져 나풀거리는 잡초 외에는 그 어떤 표식도, 비석도, 글자도 없었다. 그게 바로 장 씨 집안의 조상묘였다.

깊이를 가늠할 수 없이 추연한 무덤 앞에서 망허와 예러우 두 나그네는 깊은 충격을 받았다. 황양거우 촌을 일궈낸 장산과 장량이 어느 무덤에 잠들어 있는지, 장 씨 집안을 몰락시킨 조상의 무덤이 어느 것인지 알 수 없었다. 죽음은 그토록 고독한 것이었다. 피붙이끼리 모여 서로 의지하고 있다 해도 이 한량없는 헛헛함을 감당해낼 수는 없었다. 아무런 숨김도 막힘도 없이 쏟아져 내리는 햇볕에 벌거벗은 몸뚱어리를 드러낸 채 잔뜩 웅숭그리고 있는 무덤들을 보며 가슴이 먹먹해졌다. 그 순간 날카로운 비애가 정오의 뙤약볕과 함께 비수가 되어 그들의 가슴속으로 파고들었다.

그들은 우연히 만난 개척자의 무덤 앞에서 한참을 서성이다가, 무덤 앞에 앉아 무덤의 일부라도 된 듯 내리쬐는 햇볕에 몸을 내맡겼다. 그것은 망허의 일생에서 가장 눈부신 정오였다. 눈을 들어 멀리 바라보니 사방에 그림자도 한 점 없었다. 나무도, 농가도, 농지도 하나도 없이 정적 그 자체였다. 하늘과 땅 사이에 망허와 예러우, 그리고 다섯 개의 무덤만 존재했다. 새조차 지저귀지 않았고, 멀리 아련하게 보이는 마을에서도 그 어떤 소리도 들려오지 않았다. 하늘은 시리도록 파랗고, 하늘의 혼백인 듯 구름만 간간히 떠다녔다.

망허가 예러우의 어깨를 어루만졌다.

"만약 내가 먼저 죽는다면…… 당연히 내가 먼저 죽겠지만…… 내 묘비에 이렇게 써줘. 순수한 사람이 이곳에 길게 잠들다. 살다가 가고, 사랑하다 가고, 열정을 쏟아놓고 갔다……, 라고 말이야."

“알았어요.”

예러우가 고개를 끄덕였다.

망허가 의외라는 듯 고개를 돌려 예러우를 쳐다보았다.

“어라? 웬일로 이렇게 순순히 대답하는 거야? 당신이 나보다 먼저 죽을 거라고 반박할 줄 알았는데.”

예러우가 빙그레 웃었다.

“아니에요. 내가 당신보다 늦게 죽을 거예요. 이렇게 다정한 사람을 두고 어떻게 마음 놓고 죽을 수가 있겠어요?”

“이거 왜 이래? 불안해서 못 죽는 건 나라고! 당신이 다른 남자랑 재혼하는 건 절대 허락할 수 없어. 내가 나중에 죽을 거야. 당신 묘비엔 뭐라고 써줄까? 말해봐. 원하는 대로 써줄 테니.”

“몰라요.”

예러우가 웃음을 거두며 앞에 있는 무덤으로 시선을 돌렸다.

“무덤 안에 누워서 가족들이 하는 말을 들을 수 있을까요?”

망허는 갑자기 말문이 막혔다. 이 간단하고도 유치한 문제에 어떻게 대답해야 할지 아무 생각도 나지 않았다.

예러우가 시선을 돌려 망허를 쳐다보았다.

"묘비가 있다면…… 만약 내게도 묘비가 있다면 이렇게 써줘요. '산 사람이 죽을 수도 있고, 죽은 이가 살아날 수도 있다네'라고……."

탕현조의 말이었다. 그것이 『목단정(牡丹亭)』에 대한 주석 가운데 "정(情)은 어디서 일어나는지 모르지만 한 번 생겨나면 갈수록 깊어져 산 사람이 죽을 수도 있고 죽은 이가 살아날 수도 있다네"라는 말 중 일부라는 것도 망허는 알고 있었다. 그런데 예러우의 말을 듣는 순간, 왠지 모르게 그의 가슴이 덜커덩 내려앉았다.

예러우는 고개를 들어 아스라이 펼쳐진 말간 하늘을 바라보며 혼잣말처럼 중얼거렸다.

"이런 하늘을 보고 있으면 사람에게 영혼이 있다는 걸 믿지 않을 수가 없어요. 정말 아름다워요."

그날 행선지가 비슷한 차를 얻어 타지 못해 황양거우 촌에서 하룻밤을 더 묵어가기로 했다.

장치스이는 며느리에게 이웃 마을에 가서 싱싱한 양고기를 사다가 만두를 빚어 대접하라고 했다. 저녁나절 망허는 이 마을에 하나뿐인 상점에서 바이주와 맥주, 런천미트, 오향갈치 등 통조림을 넉넉히 샀다. 목동 형제의 두 누이동생

에게 줄 사탕과 과자도 샀다. 그날 밤 망허는 장치스이 노인
과 함께 양고기 만두를 곁들여 실컷 술을 마셨다. 상점에서
사온 바이주와 맥주가 모두 바닥을 드러냈다. 예러우는 옆
에 앉아서 한담을 나누었고, 두 소녀는 예러우의 곁에 앉아
있었다. 예러우는 사탕 껍질을 접어 인형을 만들어주었다.
인형들은 18세기 유럽의 공주처럼 넓게 퍼지는 드레스를
입고 있었다. 각기 다른 자세로 나란히 서 있는 모습이 앙증
맞았다.

유쾌한 밤이었다. 짙은 술 향기와 양고기의 옅은 누린내,
묵은 식초[식초를 오래 묵힌 것으로 산시 지방의 특산이다. 천추(陳
醋)라고 부른다]의 톡 쏘는 향기, 그리고 어린 소녀들의 까르
르 굴러가는 웃음소리까지, 이 모든 것이 숱한 풍상을 겪어
온 이 빈한한 집 안에 가득 퍼졌다. 후둥제는 자꾸만 몸을
돌려 남몰래 눈물을 찍어냈다. 어두침침한 등불 아래 취기
가 거나하게 돈 시아버지와 꽃처럼 예쁜 딸들을 보니 꼭 꿈
결처럼 느껴졌다.

한밤중 극심한 복통이 예러우의 잠을 깨웠다. 모든 게 그
어떤 징조도 예감도 없이 별안간 닥쳤다. 낯설고 어둡고 차
디찬 통증이었다. 예러우는 구들 위에서 몸을 잔뜩 곱송그
린 채 입술을 악물고 터져 나오는 신음 소리를 도로 우겨

넣었다. 사람들을 깨우고 싶지 않았다. 날이 밝을 때까지 어떻게든 참아보려고 했다. 그런데 그 순간, 비릿하고 뜨거운 난류가 그녀의 몸속에서 물컥 쏟아져 나왔다. 심상치 않은 뜨거운 기운에 그녀의 입에서 결국 외마디 비명이 터져 나오고 말았다.

사람들이 트랙터를 구해다가 예러우를 보건소로 데려갔다. 빌려온 솜이불로 그녀를 둘둘 감쌌다. 이불에는 이미 암적색 선혈이 낭자했다. 망허가 예러우를 꽉 끌어안았다. 그의 품 안에서 예러우의 몸이 애처롭게 떨렸다. 트랙터가 두두두두 요동치며 시골길을 달리는 동안, 망허는 쉬지 않고 "예러우, 예러우, 예러우"만 되뇌었다. 예러우는 굳게 감은 눈을 뜨지 않았다. 콸콸 쏟아져 나오는 뜨거운 피와 함께 그녀의 의식도 점점 몸 밖으로 흘러나가고 있었다. 트랙터가 목적지에 거의 닿을 무렵 예러우가 홀연 의식을 되찾았다. 그녀는 눈을 번쩍 뜨고 또렷한 눈동자로 망허를 쳐다보며 입술을 달싹였다. 조용하고, 부드럽고, 힘없는 목소리로 생의 마지막 말을 토해냈다.

"걱정하지 마요……."

그러고는 이내 따뜻한 미소를 지었다.

그날 밤 보건소에는 당직자도 없고 문도 굳게 닫혀 있었다. 심연처럼 짙푸른 암흑을 뚫고 트랙터가 차여우중 기를 향해 달렸다. 망허는 핏기라고는 하나도 없는 예러우를 끌어안고 두견이 피를 토하듯 그녀의 이름만을 불러댔다. 하나밖에 없는 그 이름을……. 목울대에서 터져 나온 피가 입 안 가득 고였다는 걸 깨닫지도 못했다. 그저 "예러우, 예러우, 예러우, 난 무섭지 않아. 무섭지 않아. 당신도 무서워할 거 없어……"라는 말만 뇌까렸다. 그는 그녀가 미소 짓고 있다고 생각했다. 비록 온몸의 운김이 피에 섞여 모두 새어 나간 후였지만……. 병원 응급실에 도착했을 때 그녀는 더 이상 피를 흘리지 않았다. 아니, 더 이상 흘릴 피가 없었다.

자궁 외 임신.

자궁 외 임신으로 인한 과다 출혈.

망허는 예러우가 임신했다는 걸 전혀 몰랐다. 그녀 자신조차 알지 못했다.

사람들이 흰 침대보로 그녀를 덮었다. 피에 홍건히 젖어 몸부림치던 그녀의 육신, 여전히 미소 짓고 있는 그녀의 투명한 얼굴이 순백의 천에 가리어졌다. 그 천을 덮고 나면 그녀가 마술처럼 이 세상에서 가뭇없이 사라져버릴 것만 같았다. 모두들 그녀를 이 세상에서 없애버리려 한다고 생각했다. 그는 분노했다. 실성한 사람처럼 미쳐 날뛰었다. 악다

구니를 쓰며 달려들어 간호사를 주먹으로 때려눕혀버렸다. 예러우를 신고 밖으로 나가려는 흰색 들것의 앞을 가로막았다. 예러우 위에 엎드려 그 간악하고 교활한 침대보를 걷어 던져버리려고 했다. 입으로는 계속 그 이름만 불러댔다. 그에게 세상에서 유일하게 영원한, 그녀의 이름만 애가 끊어지게 불러댔다.

"예러우, 예러우, 예러우, 난 무섭지 않아. 무섭지 않아. 당신도 무서워하지 마……."

마침내 그는 고꾸라져 바닥에 나동그라졌다. 붉은 피를 몰칵 토해내며 일그러진 얼굴로 들것 앞에 널브러졌다.

예러우가 죽었다.

"떠나자. 떠나자. 천국으로 가자……."

이 땅 위 어딘가에 이런 찬송가를 부르는 교회가 분명히 있을 것이다.

제
5
장

진실

1. 청춘에 죽다

　샤오촨이 세 살 되던 1986년의 어느 날, 천상은 신화서점
(新華書店)에서 신간 시집『청춘에 죽다』를 우연히 발견했다.
저자는 망허였다. '나의 아내에게 바친다'라는 부제가 붙어
있었다. 천상은 잉크 냄새가 폴폴 풍기는 얇고 작은 책을 펼
쳐 들었다. 책날개에 사진 한 장이 실려 있었다. 낯선 남자
가 변방의 봉화대를 배경으로 부서진 흙벽 위에 앉아 있었
다. 저자의 사진이라고 했다.
　한 번도 만난 적 없는 낯선 남자였다.
　머릿속이 웅— 하는 소리와 함께 암전된 것처럼 깜깜해
졌다. 뭔가 잘못 본 게 틀림없다고 애써 마음을 다독였다.

책을 덮고 표지에 있는 작가의 이름을 다시 확인했다.

망, 허.

잘못 본 게 아니었다. 보기만 해도 가슴이 철렁 내려앉는 두 글자가 칼로 파낸 것처럼 또렷하게 적혀 있었다. 필획 하나하나가 서슬 퍼런 비수가 되어 심장에 날아와 박혔다. 그대로 선 채 얼어붙어 있던 천상은 저자의 약력을 확인해야겠다는 생각이 들었다. 동명이인일 거라는 마지막 가능성에 실낱같은 희망을 걸었다. 그러나 야속하게도 저자 약력은 오히려 그가, 천상이 알고 있는 그 망허가 틀림없다는 사실을 확인시켜주었다. 『고원』을 지은 시인 망허, '천지간에 버려진 고아'라던 그 망허였다.

망허는 오직 한 명뿐이었다.

머릿속이 아득해지고 온몸에 힘이 탁 풀렸다.

천상은 넋 나간 표정으로 서점을 나섰다. 훈훈한 봄바람이 살랑대는 사월의 거리가 화사하게 웃으며 그녀를 맞이했다. 삼십 분 전, 아니 십여 분 전 서점으로 들어설 때만 해도 세상은 형형하게 빛났고, 그녀의 삶도 영롱한 빛을 발하고 있었다. 그러나 서점 문을 열고 나오는 그 순간, 그녀의 삶은 순식간에 악몽으로 변해버렸다.

심장이 뻥 뚫려버린 사람처럼 망연자실하게 길을 걸었다.

정처도, 방향도 없이 무작정 걸었다. 앞뒤 분간조차 할 수 없었다. 어디로 가는지 알지도 못한 채 그저 허짓허짓 걸음을 옮겼다. 수많은 사람들이 그녀를 스쳐 지나가고, 헤아릴 수 없이 많은 죄악과 상처, 기만이 그녀와 어깨를 부딪치고 지나갔다. 사악하고 거대한 기운이 도시 전체를 에워쌌다. 그 사악한 기운에 압도되어 똑바로 서 있기조차 힘들었다. 비쓸거리며 간신히 걸음을 옮기던 그녀가 마침내 버스정류장 옆에서 푹 고꾸라졌다. 쓰러지는 그 순간 그녀의 눈앞에 정향나무 한 그루가 나타났다.

사월의 이 도시에는 정향꽃이 흐드러지게 피었다. 그건 천상, 그녀의 꽃이었다. 천상이라는 그녀의 이름은 정향꽃이 피는 계절에 태어나 붙여진 것이었다.

사람들이 구급차를 불러 그녀를 근처 병원으로 옮겼다. 의사는 그녀의 소지품에서 직원증을 발견해 학교로 전화를 걸었다. 라오저우가 세미나 참석 때문에 타지에 출장을 간 터라 집에는 아무도 없었다. 연락을 받고 병원으로 달려온 건 밍추이였다. 밍추이가 도착했을 때 천상은 이미 깨어나 있었다. 일차 검사 결과에서는 별다른 문제가 발견되지 않았다고 했다.

밍추이가 가슴을 쓸어내리며 호들갑을 떨었다.

"천샹, 얼마나 놀랐는지 알아? 어쩌다 쓰러진 거야?"

병원에 머물며 좀더 관찰하는 게 좋겠다는 의사의 권유에도 불구하고 천샹은 밍추이와 함께 병원 문을 나섰다. 밍추이는 자전거 뒷자리에 천샹을 태우고 햇살 탐스러운 봄날의 거리를 달렸다. 천샹은 입술을 딱 붙인 채 밍추이의 그 어떤 물음에도 대답하지 않았다. 나중에는 밍추이도 입을 다물어버렸다. 밍추이는 천샹에게 예사롭지 않은 문제가 생겼음을 막연하게 눈치챘다. 처절하게 혹독하고 잔인한, 그녀 힘으로는 해결할 수 없는 엄청난 문제가 닥친 게 틀림없다고 생각했다. 정향의 은은한 향기가 밴 봄바람을 가르며 천샹을 집으로 데려가 침대에 눕혔다.

"푹 쉬어. 샤오촨은 내가 유치원에 가서 데려올게. 일단 우리 집에서 데리고 있을 테니 걱정하지 말고 푹 쉬어."

천샹의 몸이 갑자기 파르르 떨렸다.

샤오촨, 그 이름을 듣자마자 천샹이 전율했다. 그녀에게 그 순간 가장 공포스러운 이름이자 도망치고 싶은 이름이었다. 천샹은 이불 속으로 몸을 잔뜩 옹송그리고 사시나무 떨듯 떨었다. 실오라기 하나 걸치지 않고 얼음 구덩이 속으로 가라앉은 것 같았다. 뼛속까지 시린 한기가 스멀스멀 스몄다. 정신이 혼미해져 어느새 까무룩 잠이 들었다. 그렇게 깊은 잠은 난생처음이었다. 죽음처럼 깊고 어두운 잠이었다. 그녀 자신도 왜 그렇게 죽은 듯 오랫동안 잠을 잤는지 알 수 없었다. 밍추이가 흔들어 깨웠을 때 등불이 그녀의 눈 위에서 흔뎅이고 있었다. 이미 깜깜한 밤이었다.

밍추이가 말했다.

"죽 끓여 왔어. 먹고 기운 차려."

"몇 시야?"

순간 그녀는 오늘 무슨 일이 있었는지, 그 밤이 다른 밤들과 어떻게 다른지 기억해내지 못했다. 하지만 너그러운 혼돈도 잠시일 뿐, 일 분도 채 안 돼 밍추이의 대답이 그녀의 기억을 깨웠다.

"열시 넘었어. 샤오촨은 재웠어."

샤오촨!

천샹은 눈을 질끈 감아버렸다.

"돌아가. 더 자야겠어."

밍추이의 입술이 달싹였다. 그렇게 오래 잤는데 또 잘 거냐고 말하고 싶었지만, 목구멍까지 차올랐던 말을 도로 삼켰다. 천샹의 얼굴에 지금까지 한 번도 보지 못한 냉담함, 악의, 적대적인 외면 같은 것들이 떠올랐기 때문이다. 별안간 천상이 처음 보는 사람처럼 낯설게 느껴졌다.

밍추이가 근심이 짙게 깔린 표정으로 돌아갔다.

천상은 침대에 걸터앉아 옆에 놓인 작은 소나무 침대를 바라보았다. 한때 은은한 송진 향이 배어나던 침대였다. 그건 그들이 손수 만든 행복의 상징이었다. 난간은 유려한 나뭇결이 그대로 드러나도록 매끈하게 깎은 다음 깔끔하게 니스만 칠했다. 나뭇결의 자유롭고 육감적인 운율이 그 시절의 생활과 닮아 있었다. 지금은 침대 사방의 난간을 모두 떼어내 처음보다 조금 길어진 듯하고, 지극히 평범한 아이 침대로 변해 있었다. 샤오촨이…… 그 위에서 잠들어 있었다. 어느새 훌쩍 커버린 아들이 그 위에서 잠자고 있었다. 그런데, 저 아이는 누구의 아들일까?

저릿하고 서늘한 기운이 천상의 등줄기를 타고 올라왔다. 그녀는 공포에 질린 눈으로 아들의 침대를 응시했다. 제어할 수 없는 오한이 덮쳤다. 이가 딱딱 부딪쳐 냉랭하고 비정한 소리만이 정적을 깼다.

'네가 모든 걸 망가뜨렸어. 이게 얼마나 더럽고 야비한 일인 줄 알아? 넌 도대체 누구야? 누구냐고! 누구야! 네가 누구든 간에 난 이제 널 거부하기로 했어. 널 도저히 용납할 수가 없어. 치욕, 기만, 상처 같은 것들을 다 거부할 거야. 내

가 아무리 거부해도 넌 내 곁에서 영원히 떨어지지 않겠지. 좋아. 차라리 함께 죽자.'

천상의 얼굴에 싸늘한 냉소가 떠올랐다. 몸을 일으켜 베개를 집어 올렸다. 목화솜을 넉넉히 넣은 큼직한 베개였다. 보송보송한 햇볕 냄새가 났다. 그녀는 베개를 햇볕에 말리는 걸 좋아했다. 볕 좋은 날을 골라 베개를 밖에 널어놓으면, 베개 속 목화솜이 햇살에 흠뻑 씻겨 내려 뭉게구름처럼 폭신하고 부드러워졌다. 천상은 폭신한 베개를 들고 아들의 침대로 다가갔다. 이 순간 베개가 흉기로 돌변했다. 그녀는 맨발로 침대 앞에 섰다. 샤오촨은 쌔근쌔근 깊이 잠들어 있었다. 한 가닥 머리카락이 관자놀이를 지나 눈가로 예쁘게 흘러내려 있었다. 그 매혹적인 아름다움, 그 육신의 숨결이 몸서리치게 증오스러웠다. 그녀는 샤오촨을 무섭게 노려보았다. 점점 호흡이 가빠져 질식할 것만 같았다. 그런데 바로 그때, 기적처럼 샤오촨이 눈을 반짝 떴다. 샤오촨은 잠결에 설핏 깨어난 고요하고 성숙한 눈빛으로 천상을 쳐다보았다. 그건 결코 아이의 눈빛이 아니었다.

"엄마, 뭐 해?"

그러고는 아무 일 없었다는 듯 눈을 감고 도로 잠들었다. 한 번도 눈뜨지 않았던 것처럼 흔적도 없이 눈을 감고 다시

곤한 잠 속으로 빠져들었다.

정말로 운명의 눈이 번쩍 뜨였던 것일 수도 있고, 단지 천샹의 환각일 수도 있었다.

천샹은 번개에 맞은 듯 그 자리에서 굳어버렸다. 퍼뜩 정신이 들었다.

'맙소사! 천샹, 도대체 뭘 하고 있는 거야?'

온몸에서 기운이 송두리째 빠져나가고 전신이 녹초가 되어 흐느적거렸다. 베개가 발밑으로 툭 떨어졌다.

'하늘이시여, 신이시여, 지금 무얼 하고 계시나요? 이 아인 당신의 아들입니다. 선인초를 닮은 당신의 아들입니다……'

천샹은 샤오촨 위로 와락 엎드렸다. 깊이 잠든 아들의 향내 나는 몸 위에 얼굴을 묻었다.

'하늘이시여, 지금 어디에 계신 건가요?'

열병에 걸린 사람처럼 오한이 전신을 엄습했다. 온몸이 사시나무 떨듯 떨리고 눈물이 비 오듯 흘러내렸다.

'불쌍한 내 아들, 미안해. 미안해. 정말 미안해.'

그녀는 아들에게 수없이 미안하다고 사과했다. 그러나 그녀는 자신이 이 불행한 아이에게 영원히 미안해하며 살게 될 것임을 알았다.

다시는 아이의 눈을 똑바로 들여다볼 수 없을 것이었다.

천상이 벌떡 일어나 부엌으로 달려갔다. 그녀가 얼마 전에 처음 갖게 된 부엌이었다. 올해 초에야 비로소 이 두 칸짜리 집으로 이사할 수 있었다. 비록 낡고 옹색하고 거실도 없었지만, 비루하고 컴컴한 복도에서 건성으로 음식을 만들어야 했던 퉁즈러우에서의 생활을 벗어났다는 사실만으로도 뛸 듯이 기뻤다. 이 도시에 아직 '인테리어'라는 개념조차 없었던 그때 그녀는 이 육 평방미터에 불과한 손바닥만 한 공간을 공들여 꾸몄다. 그녀의 손이 닿자 비좁은 공간이 수수하지만 깔끔하고 아늑한 분위기로 변했다. 그날 밤 부엌은 먹물 같은 어둠 속에 깊이 잠들어 있었다. 어둠 속에서 음산하고 차가운 빛이 번뜩였다. 예리한 쇠에서 뿜어져 나오는 서슬 퍼런 기운이었다. 벽에 걸린 요리 도구들이었다. 천상은 곧장 달려가 능숙한 손놀림으로 그중 하나를 잡았다. 손에 잘 익도록 길들여놓은, 아끼는 칼들 중 하나를 순식간에 골라냈다.

그녀가 집어 든 건 서양식 식도였다. 평소에 생선을 잡을 때 쓰는 것이었다. 끝이 날카롭고 날이 예리하게 서 있었다. 그녀는 아무런 망설임도 없이 식도로 손목을 그었다. 푸우― 하는 소리가 났다. 피와 살이 갈라질 때에는 원래 소리가 난다는 사실을 그녀도 처음 알았다. 손에 들었던 식도가 땡그랑 바닥에 나동그라졌다. 화려한 은빛 광선이 희붐한 달빛을 가르고, 곧이어 뜨뜻한 피비린내가 코를 확 덮쳤다. 그녀의 얼굴에 미소가 떠올랐다.

그래 가자, 천샹. 내가 널 죽인 거야.

2. 몸부림

　약 반년 전 밍추이가 심포지엄에 참석하기 위해 베이징의 모 대학을 방문했다. 그런데 대학 게시판에 걸린 한 포스터 위에서 그녀의 눈길이 뚝 멈췄다. 그날 저녁 그 대학 중문과 시 동아리의 초청으로 시인 망허가 강연회를 연다는 것이었다.

　'참 오랜만이구나.'

　밍추이도 강연회에 참석했다. 망허가 어떤 말을 하는지 들어보고 싶었다. 그가 오래전에 며칠 머물렀던 내륙의 소도시를 아직도 기억하고 있을지, 강을 바라보고 있는 그 대학 캠퍼스, 그리고 그…… 여인을 기억하고 있을지 궁금했다. 그해 초여름 잠깐 지나친 낯선 도시에서 한 여인의 인생에 무엇을 남겨놓고 왔는지 그는 꿈에도 모르고 있을 것이었다.

강연회장에 들어선 순간, 밍추이는 그 자리에서 얼어붙었다. 계단식 강의실의 제일 앞에 마련된 연단에 난생처음 보는 사람이 서 있었던 것이다. 그녀가 아는 망허가 아니었다. 옆에 앉은 학생에게 "망허의 강연회라더니 왜 다른 사람을 초청한 거죠? 망허는 어디에 있나요?"라고 묻자, 학생은 이상하다는 눈빛으로 그녀를 위아래로 훑어보았다.

"저분이 바로 망허 선생님이잖아요."

분명히 그녀가 알고 있는 망허가 아니었다.

아니, 그가 진짜 망허였다.

세상이 와르르 무너져 내리는 것 같았다. 밍추이는 실성한 사람처럼 강연회장을 뛰쳐나와 컴컴한 교정을 무작정 걸었다. 눈물이 주체할 수 없이 쏟아져 내렸다. 운명은 왜 이렇게 천상에게 모질단 말인가? 그토록 선량한 여인에게 왜 자꾸만 상처를 준단 말인가? 장렬하고 용감하게 일생을 다 바쳐 지켜낸 숙연하고 낭만적인 비극이 결국에는 이토록 황당하고 악의적인 해프닝으로 변해버렸단 말인가!

이 사실을 어떻게 받아들여야 할지, 천상의 얼굴을 어떻게 대해야 할지 막막하기만 했다.

집으로 돌아온 밍추이는 긴 망설임 끝에 이 사실을 라오저우에게 알리기로 했다. 그녀에게는 이 엄청난 비밀을 혼자 감당할 능력이 없었다. 밍추이가 라오저우를 찾아가 그 사실을 털어놓았다.

"어쩌면 좋아요. 이걸 어쩌죠? 천샹에게 말해줘야 할까요?"

라오저우가 고개를 저었다.

"언젠가 천샹 스스로 알게 되는 날이 올 거야. 스스로 알게 될 때까지 그대로 두자. 우리에게 듣는다면 천샹은 더 고통스러울 거야. 오히려 천샹에게 더 큰 상처만 줄 뿐이야."

"알겠어요. 미리 알려주든 스스로 알게 되든 어차피 고통스럽긴 마찬가지니까요."

밍추이가 문득 이상한 생각이 들어 라오저우를 쳐다보았다.

"그런데 어쩜 이렇게 태연할 수가 있어요? 이렇게 엄청난 비밀을 듣고도 하나도 놀랍지 않은 거예요? 난 하룻밤을 꼬박 울었는데. 정말 하늘이 무너지는 것 같았다고요!"

라오저우가 덤덤하게 웃었다.

"난 이미 알고 있었어. 잡지에서 우연히 망허의 사진을 봤

어……. 사실인지 확인하려고 도서관에 가서 그가 쓴 책이
며 그에 대한 기사를 모조리 찾아보았지. 몇 년 전까지만 해
도 잡지에 작가들의 사진이 거의 실리지 않더니 최근 들어
선 종종 실리더군. 하지만 망허의 사진은 그리 많지 않으니
까 천상의 눈에 띄지 않기만을 바랄 뿐이야. 하늘이 돕길 빌
어야지.”

밍추이의 눈이 휘둥그레졌다.

“맙소사! 도대체 그 속이 얼마나 넓고 깊기에 이런 비밀
을 묻을 수 있는 거죠?”

“묻어두지 않으면 어쩌겠어? 샤오촨의 생부가 시인을 사
칭한 사람이라고 누구에게 말할 수 있겠어?”

라오저우의 눈 속에 먹먹한 슬픔이 차올랐다.

“나쁜 자식, 정작 그놈은 제가 무슨 일을 저질렀는지도 모
르고 있겠지!”

두 사람 다 침묵했다. 둘 중 누구도 해결할 수 없는 어려
운 문제였다. 앞길에 도사리고 있다가 언제든 불쑥 튀어나
올 수 있는 난관이자, 종국에는 당사자 외에 그 두 사람까지
도 해칠 수 있는 숨겨진 함정이었다. 그들은 그저 그 위험을
요행히 피해 갈 수 있기만을, 신께서 그들을 가엾게 여겨 기
적을 선사하기만을 간절히 바랄 뿐이었다.

태양이 무표정하게 그들을 비추었다.

천샹이 쓰러졌다는 소식을 처음 들었을 때만 해도 밍추이는 자신이 가장 두려워하는 일이 닥쳤을 거라는 생각은 하지 못했다. 대학 사학년 체육 시간에도 천샹이 팔굽혀펴기를 하다가 졸도한 적이 있었기 때문이다. 그런데 천샹을 집에 데려다주는 동안 뭔가 심상치 않은 예감이 들었다. 그 예감은 점점 더 짙어졌다. 천샹의 침묵 속에 뭔가 무시무시한 것이 숨어 있음을 직감했다. 두려움이 밀려와 머리가 쭈뼛해졌다.

'맙소사! 드디어 올 게 왔구나!'

유치원에서 샤오촨과 샤오좡을 데려와서 저녁밥을 먹이고 그림책을 읽어준 다음, 천샹에게 줄 죽을 끓였다. 죽이 완성되자 샤오촨을 데리고 천샹의 집으로 갔다. 이 모든 걸 하는 동안 밍추이는 좀처럼 마음을 가다듬을 수가 없었다. 라오저우가 집에 없으니 이 불안감을 함께 나눌 사람이 없다는 사실에 두려움이 더 커졌다. 밍추이는 샤오촨을 재워놓고 깊이 잠든 천샹을 깨웠다. 천샹의 얼굴에서 이유 없는 적대감이 떠오르는 걸 보며 밍추이는 자신의 끔찍한 예감이 들어맞았음을 확인했다. 천샹의 집에서 나왔을 때에는 이미 밤이 깊은 후였다. 몇 배는 더 커진 불안감을 안고 집으로 돌아와 책상에 앉았다. 책상 위에는 그녀의 강의 노트와 남편이 쓰다 만 리포트가 어지럽게 놓여 있었다. 어질러진 종이 뭉치 사이로 남편이 피우는 '싼우〔三伍〕'표 담뱃갑의 모서리가 비죽 튀어나와 있는 것이 보였다. 밍추이는 떨리는 손으로 담배 한 개비를 꺼내 불을 붙인 후 깊게 한 모금 들이마셨다. 정말로 코에서 희푸른 연기 한 가닥이 새어 나왔다. 난생처음이었다. 그녀에게는 불안감을 달래줄 무언가가 필요했던 것이다. 한 모금 더 빨았다. 그러나 더 이상은 요행이 허락되지 않았다. 맵싸한 연기가 목구멍을 타고 넘어가며 밭은기침이 터져 나오고, 눈에 재를 흩뿌린 듯 따가워 눈물이 흘러 나왔다.

밤이 깊도록 좀처럼 잠이 오지 않았다.

달게 잠들어 있던 샤오좡이 몸을 뒤척이며 잠꼬대처럼 엄마를 불렀다.

"엄마……."

아들이 부르는 소리에 이상하게도 밍추이의 가슴이 덜컹 내려앉았다.

'안 돼! 이대로 있어선 안 돼!'

밍추이는 감전된 사람처럼 벌떡 일어나 천샹의 집으로 내달렸다. 먼저 밖에서 문에 귀를 바짝 가져다 붙이고 집 안

동정을 살폈다. 집 안은 고요했다. 너무 적막했다. 질식할
듯 사방이 꽉 막힌 정적 속에서 밍추이의 쿵쿵거리는 심장
박동 소리만 들렸다. 주머니를 더듬어 열쇠를 찾았다. 천샹
과 밍추이는 바쁜 일이 있을 때 아이들의 유치원 통학을 서
로 도와주었기 때문에 서로의 집 열쇠를 가지고 있었다. 하
늘이 도왔는지 주머니 속에 천샹의 집 열쇠가 들어 있었다.
밍추이는 조금의 망설임도 없이 열쇠로 문을 열었다. 문을
열어젖힌 그 순간, 불길한 냄새가 몰칵 얼굴에 끼쳤다. 사악
한 기운이 온몸을 엄습했다. 밍추이는 나중에야 그것이 피
비린내였다는 걸 알았다.

천샹이 부엌 바닥에 널브러져 있고, 바닥에는 이미 피가
흥건하게 고여 있었다.

피가 계속 흘러나오고 있었다. 아주 천천히, 그리고 부드
럽게······.

소리 없이 흐르는 검붉은 강 옆에서 샤오촨이 고른 숨소
리를 내며 잠들어 있었다.

라오저우가 달려온 것은 이튿날 저녁이 되어서였다. 기차
입석으로 스물여덟 시간을 꼬박 서서 버텼다. 기차역에 내
리자마자 곧장 병원으로 직행했다. 병원 문을 열고 들어서

자 밍추이가 병실 앞에 서 있었다.

"나한테 열쇠가 없었다면 어떻게 됐을지 생각만 해도 끔찍해요."

밍추이가 길을 잃었다가 엄마를 만난 아이처럼 울음을 터뜨렸다.

"지금 상태가 어때?"

라오저우의 잔뜩 잠긴 목소리가 갈라져 내렸다.

"수혈해서 겨우 의식은 돌아왔어요. 하지만 좋지 않아요."

라오저우가 밍추이의 어깨를 토닥였다.

"네 덕분이야. 수고했어."

라오저우가 병실 문을 열고 들어갔다. 천샹은 잠들어 있었다. 안색이 침대 시트만큼이나 창백했다. 입술마저 핏기를 잃고 굳게 닫혀 있었다. 그 어떤 물감도 칠하지 않은 순백의 가면처럼 보였다. 끈끈한 피가 한 방울씩 소리 없이 그녀의 정맥으로 흘러들어가고 있었다. 그녀의 몸에 낯선 이의 피가, 그녀와는 아무 상관도 없는 피가 흘러들어가고 있었다. 모든 고통이 일순간에 밀려왔다. 이제부터 그녀의 몸속에 낯선 사람의 피가 흐른다는 말인가. 라오저우가 조심스럽게 의자 끝에 걸터앉아 천샹의 손을 잡았다. 시린 감촉이 손끝을 타고 올라왔다.

천상이 눈을 떴다.

그녀는 말없이 그를 바라보다가 냉랭하게 그의 손 안에서 자신의 손을 빼냈다.

"아무것도 묻지 말아요. 나중에 다 말해줄 테니까. 가요. 혼자 있고 싶어요……."

라오저우는 밍추이가 했던 '좋지 않다'는 말의 의미를 그제야 깨달았다. 천상의 상황은 정말로 좋지 않았다. 야멸치게 차갑고, 적의로 똘똘 뭉쳐 있었다. 지금까지 한 번도 남에게 적대감을 내보인 적 없는 그녀였다. 그러나 이제는 서슬 퍼런 적대감이 철갑처럼 그녀를 단단히 에워싸고 있었다. 그녀의 몸속으로 흘러들어간 혈액처럼 적대감이 온몸의 혈관을 타고 흐르고, 전신의 모공에서 사느란 기운이 뿜어져 나와 가시를 바짝 세운 고슴도치처럼 누구도 섣불리 근접할 수 없었다. 라오저우는 말없이 앉아 있다가 몸을 일으켜 밖으로 나갔다.

밍추이가 아직도 밖에서 기다리고 있었다.

"어때요? 뭐라고 해요?"

그는 대답 대신 고개만 저었다.

"어떻게 하죠?"

목젖까지 차오른 울음과 사투를 벌이느라 밍추이의 목소리가 가늘게 떨렸다.

"걱정하지 마. 천샹에겐 시간이 필요해……. 상처가 아물 시간을 줘야지."

그렇게 대답하기는 했지만 라오저우도 불안하기는 마찬가지였다. 시간이 해결해줄 거라는 실낱같은 기대조차 감히 품기 어려웠다.

비록 다들 잠든 한밤중에 일어난 일이고, 밍추이가 '예기치 못한 사고'였다고 해명하기는 했지만, 이웃들은 뭔가 수상하다고 느꼈다. 전문 요리사 못지않게 무슨 요리든 척척 잘해내는 천샹이 단순한 실수로 칼에 손목 동맥이 잘릴 만큼 베었다는 걸 곧이곧대로 믿을 사람은 많지 않았다. 사람들은 뭔가 심상찮은 일이 있음을 직감했다. 이웃들은 집 앞에서 라오저우와 마주칠 때마다 위아래로 유심히 훑어보고, 밍추이에게서 뭔가 단서라도 얻기 위해 은근슬쩍 떠보는 질문을 던지기도 했다. 며칠 안 되어 온갖 해괴한 소문이 파다하게 퍼졌다. 그중 대부분은 라오저우가 바람을 피웠다는 것이었다. 중문과에 새로 들어온 젊은 연구원과 라오저우가 눈이 맞았다더라는 구체적인 이야기까지 나돌았다.

라오저우는 침묵했다. 자신을 둘러싼 유언비어를 부인하

거나 해명할 마음이 없는 듯 평소와 마찬가지로 낡은 자전
거를 타고 출퇴근하고, 샤오촨을 유치원에 데려다주고, 매
일 천샹을 보러 병원에 가는 것도 잊지 않았다.

일주일 후 천샹의 손목에서 실밥을 풀었다. 그날 밤 천샹
이 라오저우에게 느닷없는 요청을 했다.

"내일 샤오촨을 엄마한테 데려다줘요."

천샹의 친정은 다른 도시에 있었다. 그리 멀지는 않지만
산지에 있는 작은 도시였다.

라오저우는 이유를 묻지 않았다. 물어도 대답을 듣지 못
할 것임을 알았기 때문이다. 며칠 만에 천샹의 입에서 나온
첫마디가 제 목숨처럼 아끼던 아들 샤오촨을 다른 데로 보
내라는 것이라니.

라오저우는 고개를 끄덕였다.

"알았어. 그렇게 하지."

"혹시 진작부터 보내고 싶었던 거 아니에요? 이유가 뭔지
한마디 묻지도 않는군요."

천샹의 입가에 싸늘한 미소가 걸렸다.

"좋아. 그럼 내게 이유를 말해줄 수 있겠어?"

라오저우가 담담한 표정으로 천샹을 바라보았다.

"당신이 그 아일 미워하기 때문이에요. 당신이 그 아일 무

시하는 걸 모를 줄 알아요?”

천상이 대들듯이 쏘아붙였다.

때마침 병실로 들어서던 밍추이가 그들의 대화를 듣고 끼어들었다.

“천상, 왜 이렇게 억지를 부려? 어쩌면 이렇게도 양심이 없니?”

천상은 냉소를 거두지 않았다.

“내가 왜 양심이 있어야 하는데? 내 손으로 내 마음을 죽여버렸어. 누가 살려놓으랬어? 마음도 없는 사람을 왜 살려놓느냔 말이야!”

“넌 정말…….”

“밍추이!”

라오저우가 밍추이를 말리며 천상에게 말했다.

“이유가 뭐든 당신 나름대로 일리가 있겠지. 알았어. 내일 샤오촨을 데려다주고 올게. 다시 데려오고 싶으면 내게 말만 해. 곧장 데려올 테니까.”

다음 날 천상이 퇴원해서 집으로 돌아갔을 때 샤오촨은 이미 집에 없었다. 그곳은 더 이상 샤오촨의 집이 아니었다. 주인을 잃은 소나무 침대만 오도카니 놓여 있었다. 침대 위에 있던 곰 인형과 옷가지, 그림책, 글자 카드 같은 것들도 보이지 않고, 장난감도 모조리 사라져 있었다. 하지만 샤오찬의 체취는 아직도 남아 있었다. 아이의 몸에서 풍기던 그 따스하고 달큰한 향기가 방 안 구석구석에 녹녹하게 배어 있었다. 지금이라도 이름만 부르면 어디선가 곧 달려 나올 것 같았다. 밍추이가 돌아가고 혼자 남게 되자 천샹은 소나무 침대에 엎드려 작은 베개에 얼굴을 파묻고 서러운 눈물을 쏟아냈다.

이른 저녁 라오저우가 집에 돌아왔다. 집으로 들어서자 밥 짓는 냄새가 구수하게 풍겼다. 천샹이 부엌에서 저녁밥을 하고 있었다. 순간 라오저우는 예전 생활로 다시 돌아간 것 같은 착각이 들었다. 집 안에 햇살이 비추던 그때로 다시 돌아간 것 같았다. 라오저우는 문 앞에 서서 미동도 하지 않고 천샹의 뒷모습을 묵묵히 쳐다보았다. 천샹은 고개를 숙이고 칼질을 하고 있었다. 뭔가 가늘게 채를 썰고 있었다. 천샹은 자신의 요리 솜씨를 늘 자랑스러워했고, 부엌을 몹시 사랑하는 여자였다. 지금도 불 위에서 닭국이 진한 향내를 풍기며 끓고 있었다. 그 냄새가 눈을 자극했는지 라오저우의 눈에서 몇 가닥 눈물이 굴러떨어졌다.

두 사람만의 저녁식사는 조용하고 평온했다.

식사가 끝난 뒤 라오저우가 설거지를 하고 녹차 두 잔을 우렸다.

"텔레비전을 보겠어?"

천샹이 말했다.

"이리 좀 와요. 할 말이 있어요."

라오저우는 말 잘 듣는 아이처럼 순순히 천샹 앞에 앉았
다.

천샹이 낮은 심호흡과 함께 입을 열었다.

"내 말을 끊지도 말고 질문도 하지 말아요. 안 그럼 다 말
할 용기가 없어지니까……. 사진을 봤어요. 망허의 사진이
었어요. 그런데 우리가 알고 있는 사람이 아니었어요. 샤오
촨의 아빠가 아니었단 말이에요. 무슨 말인지 알아들어요?
그 사람이 샤오촨의 아빠가 아니라고요……."

천샹은 목이 메어 말을 잇지 못했다. 눈에서 눈물만 소리
없이 흘렀다. 눈물이 흐르도록 내버려두었다. 그녀는 그 망
허가 한 번도 그들의 도시에 온 적이 없고, 그들의 강변에
온 적이 없다면……, 그렇다면 그때 왔던 사람은 도대체 누
구인 거냐고 물었다. 자기 자신에게 묻는 것 같기도 하고,
막연히 허공에 대고 묻는 것 같기도 했다.

"더 무서운 일이 있어요."

천샹이 잠시 말을 멈추고 숨을 골랐다.

“내가 미쳤어요. 미쳤어. 미쳤어……."

그녀는 흐느낌을 멈추어보려고 손으로 입을 감쌌다. 그녀의 몸 깊숙한 곳에 도사리고 있는 거대한 공포에 대해서는 말하지 않았다. 처음에는 모조리 털어놓아야 한다고 생각했지만, 그건 영원히 혼자서 짊어지고 가야 할 업보라는 것을 그 순간 깨달았던 것이다.

라오저우가 천샹을 품에 꼭 안았다. 천샹이 왜 차마 샤오촨을 보지 못하는지 희미하게나마 알 수 있을 것 같았다. 순간 온몸에 소름이 확 끼쳤다. 천샹을 더 꼭 끌어안았다. 인생에 자신이 아는 것보다 훨씬 더 깊고 어두운 지옥이 도사리고 있다는 것을 그제야 깨달았다.

천샹은 라오저우에게 몸을 기댔다. 그의 체취는 바닷물처럼 약간 짭조름했다. 태양에 데워진 바닷물에서 나는 훈훈한 냄새였다. 매일 맡아도 질리지 않고, 마음을 약하게 만드는 마력을 가진 냄새였다. 천샹이 라오저우의 품에서 빠져나와 고개를 들어 올렸다.

“우리 이혼해요."

이상하게도 천샹의 이 말이 라오저우에게는 하나도 놀랍지 않았다. 그녀의 엄숙한 얼굴을 향해 라오저우가 담담한 어조로 물었다.

"왜지? 이유를 말해봐."

"너무 큰일을 저질렀잖아요. 우리 생활을 이 지경으로 어질러놓았는데 무슨 면목으로 계속 살겠어요. 당신까지 지옥으로 끌고 들어갈 순 없어요. 당신 인생을 망칠 수 없다고요……. 당신은 착하고 좋은 사람이에요. 고통은 겪을 만큼 겪었으니 이젠 당신 자신의 인생을 살아요. 당신이 원하는 삶을 살라고요."

"저우샤오촨의 아빠로 사는 게 바로 내가 원하는 삶이야."

"그러면 난 평생 양심의 가책을 느끼며 살아야 해요. 평생 당신한테 미안한 마음으로 살아야 한다고요. 아무 일도 없었던 것처럼 살 수가 없어요. 칼로 손목을 그을 때 난 당신을 버린 거예요. 내 목숨은 버리지 못했지만, 우리 결혼은 나로 인해 죽은 거나 마찬가지예요……. 난 다시는 당신을 행복하게 해줄 수 없고, 평범하고 정상적인 삶을 살게 해줄 수 없어요. 평생 고통받고 사느니 지금 헤어지는 게 나아요. 이제 그만 헤어져요."

라오저우는 아무 말도 하지 않았다. 무슨 말을 해도 소용없다는 것을 알고 있었다. 그녀는 순교자가 되기 위해 태어난 게 분명했다. 사랑을 위해, 신념을 위해, 또는 업보 때문에 불구덩이에 뛰어들어 자신을 불사르는 순교자였다.

에 불구덩이에 뛰어들어 자신을 불사르는 순교자였다.

3. 남쪽으로

두 사람 중 누구도 양보하지 않았다.

천샹은 더 이상 라오저우와 한 침대에서 자지 않았다. 샤오촨의 소나무 침대도 그대로 비워놓았다. 그녀는 거실 겸 서재에 있는 이인용 소파에서 잤다. 소파의 길이가 백육십 센티미터밖에 되지 않아 다리를 쭉 뻗을 수가 없었다. 그러나 잔뜩 몸을 옴츠려 새우잠을 자면서도 그녀는 밤마다 그 불편함을 자청했다. 자신을 괴롭히는 것이 라오저우에게 가장 큰 고문이란 걸 그녀는 알고 있었다.

하루는 라오저우가 그녀보다 먼저 소파를 차지하고 드러누웠다.

"당신이 침대에서 자. 내가 여기서 잘 테니까."

"좋아요. 그럼 내가 나가죠."

천상은 말을 끝내기가 무섭게 곧장 밖으로 나갔다. 초여름 밤의 거리를 정처 없이 헤매다 작은 광장에 있는 긴 벤치에 앉았다. 얕은 한숨과 함께 고개를 들었을 때에는 언제 따라왔는지 라오저우가 눈앞에 우뚝 서 있었다.

"내가 졌어. 당신이 자고 싶은 데서 자."

천상은 남부 지역에서 일자리를 찾기 위해 수소문했다. 남부, 그곳은 수많은 사람들이 일확천금을 위해 몰려가는 황금의 땅이요, 부푼 꿈을 안은 사람들이 달려가는 희망의 땅이었으며, 현실에서 도망친 도피자들의 마지막 피안이기도 했다. 남부는 역시 그녀를 거절하지 않았다. 작열하는 태양, 목면나무, 바다, 그리고 신흥 도시들은 그녀를 기꺼이 환영했다. 천상은 이주를 위한 수속을 밟기 시작했다. 남부 도시의 한 신문사에 편집장 자리가 났다는 연락을 받았다.

모든 수속이 끝난 후 그녀는 라오저우에게 서류를 내밀었다. 라오저우는 아무 말도 하지 않았다.

"제발, 이혼해줘요."

"샤오촨은 어쩌려고? 이건 샤오촨에게 너무 불공평하지 않아?"

천샹이 쓴웃음을 지었다.

"세상은 원래 불공평한 곳이에요."

"천샹, 이제 보니 기세가 대단한 여자로군. 시인 망허의 아들인 샤오촨은 애지중지 귀하게 길러져야 하고, 지금의 샤오촨은 아무렇게나 버려지고 상처받아도 된다는 거야? 내게는 망허의 아들이든, 다른 누구의 아들이든 다 똑같아. 샤오촨에게는 변한 게 없잖아? 누구의 아들이든 관계없이 저우샤오촨이야. 바로 내 아들이라고! 그 불쌍한 아이에게 온전한 가정을 만들어주자고 했었잖아. 넌 엄마가 되고, 나는 아빠가 되어주자고 했잖아……. 좋아, 당신이 그렇다면 이 '소꿉놀이'는 여기서 끝내. 애들 장난은 이걸로 끝이야! 당신은 내가 이렇게 고통스러워할 가치도 없는 여자야! 천샹……."

라오저우의 목소리가 점점 격앙되었다. 주체할 수 없는 격한 분노가 차올랐다.

천샹은 차분하지만 슬픈 표정으로 그를 쳐다보았다.

"지금 한 말이 진심이에요? 거짓은 조금도 없어요? 맞아요. 아비 없는 자식과 아비가 누군지도 모르는 자식은 여자에겐 천지 차이예요. 엄마에겐 같을지 몰라도 여자에게 그건 결코 같을 수가 없어요. 그러는 당신은 어떻죠? 당신 마

음속 깊은 곳에 그 아이를 무시하는 마음이 아주 조금이라
도 없다고 할 수 있어요? 아마 지금은 못 느끼겠죠. 하지만
어느 순간에 불쑥 그런 생각이 들 거예요. 그 아이의 단점이
나 약점을 발견하면 문득 그런 생각이 들겠죠. 이건 유전이
라고! 유전자에 문제가 있는 거라고! 당신이 어느 날 그 아
이를 그렇게 대할까 봐 두려워요. 그게 바로 샤오촨에게 불
공평한 거라고요! 그러니까 소꿉놀이는 이제 여기서 끝내
요. 난 당신에게 너무도 깊은 상처를 입혔어요. 욕하고 싶으
면 실컷 욕해도 좋아요……."

두 사람은 서로를 바라보았다. 창밖에서 참새들이 짹짹
흥겹게 지저귀는 소리가 들렸다. 피울음을 토해내며 가라앉
는 석양처럼 그들의 마음도 돌이킬 수 없는 나락으로 떨어
졌다.

며칠 후 그들은 이혼 수속을 밟았다. 천상은 하루 전날 짐
을 싸서 집을 나왔다. 한때 그토록 열렬히 사랑했던 집이었
다. 그 집에는 소나무 침대가 있고, 예쁜 커튼이 있고, 깨끗
한 부엌이 있었고, 또 그들의 결혼 생활을 난도질한 피비린
내 나는 식도도 있었다.

수속을 마치고 나오니 점심때가 되어 있었다.

라오저우가 말했다.

"열두시군. 같이 점심 먹으러 갈까?"

천샹이 빙긋이 미소 지었다.

"아뇨. 밍추이가 목이 빠지게 기다리고 있을 거예요."

천샹은 라오저우를 잠시 바라보다가 이내 몸을 돌렸다. 이제 둘은 남이었다. 라오저우는 아직 천샹에게서 눈을 떼지 못했다. 천샹의 점점 멀어지는 뒷모습을 바라보다가 라오저우가 외쳤다.

"천샹……."

천샹이 걸음을 멈추고 뒤를 돌아보았다. 라오저우가 성큼성큼 다가가 천샹 앞에 섰다. 그러고는 한참을 말없이 바라보다가 입을 열었다.

"샤오촨이 보고 싶으면 보러 가도 되겠지?"

천샹이 미소로 답했다.

"물론이죠. 당신은 샤오촨의 아빠잖아요."

라오저우의 눈가가 축축이 젖었다.

"천샹……."

라오저우의 잔뜩 잠긴 목소리가 또 한 번 그녀를 불러 세웠다.

"몸조심해."

천샹도 참았던 눈물이 북받쳐 올랐다.

"저우징옌, 결혼하게 되면 청첩장 보내는 거 잊지 말아
요."

정말로 밍추이가 기다리고 있었다. 이 슬픈 날을 기리듯
밍추이는 만두를 빚었다.
"북방에선 사람을 떠나보낼 땐 만두를 먹고, 손님이 찾아
오면 국수를 먹잖니."
흰 거위처럼 갸쭉하게 빚은 만두가 한 접시 가득 식탁에
올라왔지만, 천샹은 단 한 개도 삼켜 넘길 수가 없었다.
"여길 잊으면 안 돼."
천샹이 고개만 주억거렸다.
"룽청[龍城]을 잊지 마."
밍추이가 재차 다짐을 받았다.
천샹의 눈에 참았던 눈물이 핑그르르 돌았다.
"밍추이, 라오저우가 어서 새 가정을 꾸릴 수 있도록 도와
줘. 새로 온 여자 연구원이 라오저우에게 살갑게 대한다고
했지? 내가 떠나고 나면 그를 도와줄 사람이 너밖에 없어!"
밍추이가 천샹을 매섭게 노려보았다.
"너까지 그 황당한 소문을 믿는 거야? 천벌이 두렵지도
않아?"

천샹의 얼굴은 이미 눈물범벅이 되어 있었다.

"난 이미 천벌을 받았는걸. 착한 사람이 나 때문에 불행해졌잖아. 그의 인생을 완전히 망쳐버렸잖아. 난 아마 죽을 때도 편히 눈감지 못할 거야…… 정말로 라오저우를 좋아하는 여자가 있다면 조금이나마 마음의 짐을 덜 수 있을 것 같아……"

밍추이가 체념한 듯 고개를 저었다.

"우리가 전생에 네게 무슨 죄를 지었을까? 저우징옌이 너한테 얼마나 큰 빚을 진 거니? 됐어. 그만하자. 이젠 너 갈 길로 가. 훌훌 털고 떠나버려. 다른 건 아무것도 신경 쓰지 마. 하지만 이거 하나만은 잊으면 안 돼. 넌 저우징옌에게 결코 갚을 수 없는 큰 빚을 진 거야!"

밍추이가 손가락으로 천샹을 가리켰다.

"그러니까 넌 반드시 행복해져야 해. 천샹, 행복해야 해……"

더 이상은 말을 이을 수 없었다.

밍추이는 천샹이라는 이 여인이 '행복'할 수 없다는 걸 알고 있었다. 모든 사람이 바라고 추구하는 그 달콤한 열매가 지금부터 천샹과는 완전히 별개의 것이 되었다는 걸 알았다. 이 모든 것이 그해 초여름의 오후, 시와 격정으로 피가 끓어오르던 그날 오후에 시작되었다는 것도 잘 알고 있었다.

"죽을 때까지 매일 그놈의 망허를 저주할 거야. 진짜든 가짜든 둘 다 지옥으로 떨어져버리라고 저주할 거야!"

밍추이가 입술을 잘근잘근 깨물며 뇌까렸다.

천샹이 눈물이 크렁크렁하게 고인 눈으로 피식 웃었다.

"그러지 마, 밍추이."

"샤오촨은 어쩔 생각이야?"

잠깐의 망설임 후 밍추이는 아까부터 묻고 싶었던 질문을 던졌다.

천샹이 곰곰이 생각에 빠졌다. 그건 요사이 그녀의 가장 큰 고민거리이기도 했다. 단 한순간도 머리를 떠나지 않고 그녀를 괴롭히는 문제였다.

"우선은 친정에 맡겨놓고 내가 자리 잡히면 그때 데려가려고."

그녀에게는 시간이 필요했다. 너그럽고 평온한 일상 속에서 조금씩 용기를 얻을 시간이 필요했다. 꿀벌이 꽃밭에서 꿀을 따 모으듯, 한 방울 한 방울 용기를 쌓아가야 했다. 심판자를 마주하기에 충분할 만큼, 아들의 천진난만한 눈을 마주하기에 충분할 만큼······.

비정한 운명은 천샹이 충분한 용기를 쌓을 때까지 기다려
주지 않았다.

천샹의 친정은 작은 도시에 있었고, 집도 구식 가옥으로
겨울이면 방 안에 직접 난로를 피워 난방했다. 사고는 바로
그 난로에서 일어났다. 유난히 추웠던 겨울날 집 안에 난롯
불을 활활 지펴놓고 문과 창을 모두 단단히 닫아놓은 채 잠
이 들었던 것이다. 결국 샤오촨은 일산화탄소 중독으로 세
상을 떠나고 말았다.

그해 겨울 소도시의 집집마다 처마 끝에 기다란 고드름이
매달렸다. 그곳 사람들은 고드름을 '얼음 배'라고 불렀다.

하루는 샤오촨이 고드름을 가리키며 할머니에게 외쳤다.

"할머니, 달콤한 해가 얼음 배 속으로 들어갔어요!"

그건 샤오촨이 노래한 시였다.

하루는 샤오촨이 하늘에 날아가는 비둘기를 쳐다보며 그곳 사투리가 섞인 억양으로 신이 나서 소리쳤다.

"와! 비둘기다!"

그게 샤오촨에게 생의 마지막 날이었다.

제
6
장

바다를 마주하고 화창한 봄을 맞이하리

21세기로 들어선 어느 날, 밍추이가 웨이하이〔威海〕에 있
는 신축 아파트 단지의 모델하우스를 방문했다. 행정구역상
으로는 웨이하이에 속하지만, 칭다오〔靑島〕에 더 가까웠다.
황량한 바닷가를 개발해 대규모 아파트 단지를 조성하고
있었다. 단지의 이름은 '망해소축(望海小築)', 즉 '바다로 향
한 작은 집'이었다.

이 겸손한 이름이 밍추이의 마음을 움직였던 것 같다. 밍
추이는 신문광고에서 그 이름을 보자마자 직접 가서 보고
싶다는 생각이 들었다. 게다가 '바다를 마주하고 화창한 봄
을 맞이하리—망해소축에 오시면 내일부터 당신은 행복한

사람'이라는 광고 문구가 마음을 사로잡았다. 그건 요절한 천재 시인 하이즈(海子)의 시 가운데 한 구절을 인용한 것이었다.

밍추이가 빙그레 웃었다. 하이즈는 자신이 죽은 후에도 이런 방식으로 생명력을 유지하게 될 줄 꿈에도 생각하지 못했을 것이었다.

'망해소축'은 해변에서 꽤 괜찮은 위치에 자리 잡고 있었다. 소박하고 차분하면서도 우아한 분위기가 젊은 시절 하이즈와 장아이링(張愛玲)을 동경하고, 가수 뤄다유(羅大佑)와 비틀즈에 열광하고, 반 고흐를 흠모했던, 도시에 사는 화이트칼라 계층의 성향과 잘 맞을 것 같았다. 아직은 일부분만 지어져 있고 대부분은 현재 건설 중인 아파트를 미리 분양받는 방식이었다. 모델하우스에 설치된 단지 모형을 보니 단지 주변을 빙 둘러 화단을 꾸미도록 설계되어 있었다. 안내 직원은 화단에 벗나무를 심을 계획이라고 소개했다. 이미 일부는 심었지만 그건 극히 일부에 불과하다는 설명도 덧붙였다.

그곳의 기후와 토양이 벗나무가 자라기에 적합해서 그런 것일 수도 있겠지만, 어쨌든 밍추이는 개인적으로 벗나무를 좋아하지 않았다. 벗나무의 아름다움이 미시마 유키오처럼 너무 허무하고 장렬하다고 느끼기 때문이었다. 밍추이는 이름 없는 풀뿌리와 중국의 복사꽃을 더 좋아했다. 그녀는 샤오쾅이 어렸을 때의 일을 떠올렸다. 샤오쾅이 한두 살이었을 때 테너 장다웨이〔蔣大爲〕를 특히 좋아했다. 그가 부르는 〈복사꽃이 피는 곳〉이라는 노래를 틀어주기만 하면 싱글벙글 웃으며 어깨를 들썩이고, 입으로 연방 "복사꽃, 복사꽃" 하며 흥얼거렸다. 물론 지금 샤오쾅은 저우제룬〔周傑倫, 대만 출신의 유명 가수 겸 영화배우〕과 리위춘〔李宇春, 중국의 노래자랑 프로그램에서 우승해 가수로 데뷔해 큰 인기를 끌고 있는 가수〕에게 열광하고, 어렸을 때 자신이 장다웨이를 좋아했었다는 사실을 죽어도 인정하지 않으려고 하지만 말이다. 그게 무슨 남부끄러운 전과라도 되는 것처럼……

그러나 밍추이는 그때부터 복사꽃을 좋아하게 되었다. 복사꽃만 보면 왠지 기분이 좋아졌다.

복사꽃이든 벚꽃이든 아직은 모형 속에서만 존재하지만, 바다만은 바로 눈앞에서 그 짙푸르고 풍만한 나신을 드러낸 채 넘실거리고 있었다. 바다를 처음 본 건 아니었다. 베이다이허〔北戴河〕에도 가보고, 광시〔廣西〕 베이하이〔北海〕에도 가보고, 저 멀리 발리도 가보았다. 바다 구경도 해보지 못한 어린 시절부터 그녀는 바다를 좋아했다. 하긴 어린 시절 바다를 동경하지 않았던 이가 어디에 있겠는가. 하지만 이제 그녀는 바다를 좋아한다고 자신 있게 말하지 못했다. 바다가 가진 천연 그대로의 순수함과 모든 것을 끌어안는 거대한 포용력이 땅에 발을 딛고 사는 그녀에게는 어쩐지 거부감이 들었다. 그녀는 바다의 자유로움보다는 안정을 더 원했고, 바다의 깊은 속을 이해하기에는 상상력이 부족했다. 그녀도 자신이 바다를 제대로 이해하지 못한다는 것을 알고 있었다. 그럼에도 불구하고 바다가 매력적이라는 사실에는 공감했다. '바다를 마주하고 사는 것'이 어떤 이들에게는 평생 이루고 싶어 하는 이상이라는 것도 알았고, 그녀 자신도 '바다를 마주한' 낭만적인 생활을 동경했다.

밍추이는 모델하우스의 외부로 난 발코니 앞에 서서 바다를 조망했다. 유리창 밖으로 펼쳐진 비취색 바다는 신비로우리만치 고요하고 한적했다. 멀리 하늘과 맞닿은 수평선에서부터 파도가 물보라를 일으키며 해안으로 달려들었다. 층층이 밀려온 파도가 운명적으로 정해진 방향을 향해 기꺼이 달려들어 열락이 최고조에 이른 순간에 산산이 부서져 소멸되었다. 밍추이는 묵묵히 창가에 서서 한참을 바다만 바라보았다. 영원히 멈추지 않을 파도의 장렬한 순교에 새삼스런 감격을 느꼈다. 불현듯 소설 속 인물이 떠올랐다. 미시마 유키오의 작품 『분마(奔馬)』에 나오는 주인공 이이누마 이사오였다. 그는 일생 동안 태양이 솟아오르는 절벽 위에서 막 떠오른 붉은 해와 핏빛으로 반짝이는 바다를 바라보며, 소나무 아래에서 자살하는 광경을 꿈꾸었다. 그가 생명을 바쳐 추구하던 이상이 물보라 치며 달려드는 파도와 굉장히 닮았다는 생각이 들었다.

안내 직원의 부름에 밍추이가 잠시 동안의 상념에서 깨어났다.

"판[范] 선생님, 이쪽에 일광욕실이 있어요."

'일광욕실'은 침실 곁에 붙은 베란다를 개조한 것으로 일본식 다다미 구조로 되어 있었다. 다다미 위에 풀방석이 놓여 있고, 고풍스런 정취가 물씬 풍기는 다기들이 놓여 있었다. 서재도 볕이 잘 드는 방향으로 창을 내고, 창밖으로 바다가 한눈에 펼쳐져 있었다. 서재답게 책꽂이가 한쪽 벽면 전체를 차지하고 있고, 장식용으로 잡지와 책 몇 권이 꽂혀 있었다. 모델하우스를 구경하러 온 사람들 중에 그 책들을 유심히 살펴보는 사람은 거의 없었다. 하지만 밍추이는 직업적인 습관 때문인지 책들을 놓치지 않고 죽 훑어보았다. 예상대로 패션이나 인테리어에 관한 잡지가 대부분이었고, 구색 맞추기 용으로 보이는 잡다한 책들이 몇 권 꽂혀 있었다. 뜻밖에도 한창 인기를 끌고 있는 실용서 몇 권 외에 순수문학 작품들도 간간이 섞여 있었다. 도스토옙스키의 『카라마조프의 형제들』, 장아이링의 『소단원(小團圓)』, 토머스 엘리엇의 『황무지』, 『릴케 시선』, 『하이즈의 시』, 그리고 또 한 권……『청춘에 죽다』…….

밍추이의 시선이 우뚝 멈췄다. 그녀는 그 작고 얇은 책을 집어 들었다.

"이 책…… 이 책이 어떻게 여기에 있죠?"

예기치 않은 발견에 밍추이가 더듬거렸다.

안내 직원이 생글생글 웃으며 대답했다.

"아, 저희 사장님이 쓰신 책이에요. 예전에 시인이셨거든요."

"사장님이라뇨?"

"건설 회사 사장님이요. 이 망해소축을 건설하고 있는 회사 말이에요."

탁, 하는 둔탁한 소리와 함께 책이 밍추이의 발밑으로 떨어졌다.

'원수는 외나무다리에서 만난다더니.'

밍추이가 화난 기색으로 몸을 휙 돌려 모델하우스를 빠져나왔다. 엘리베이터를 기다리는 동안 안내 직원이 달려 나왔다. 여직원이 의아함과 당혹감이 교차하는 표정으로 물었다.

"판 선생님, 제가 무슨 실례라도 했나요? 아직 둘러보실 게 더 남았어요. 마음에 들지 않으시면 다른 구조도 보실 수 있어요……."

밍추이가 애써 침착함을 유지하며 말했다.

"내 대신 한마디만 전해줄 수 있나요? 이 회사 사장님한테 말이에요. 어떤 경로를 통하든 상관없으니까 사장님한테 이 말을 전해줘요. 내가 죽을 때까지 평생 길거리에서 노숙을 하는 한이 있어도 그가 지은 집은 절대 사지 않겠다고 말이에요! 내 돈을 전부 태워버릴망정 그에겐 단 한 푼도 줄 수 없다고 말이에요! 이 집들 모두 역겨워요. 단 한 채도 못 팔고 망해버리라고 기도해야겠군요! 이 말을 꼭 사장님한테 전해줘요!"

말이 끝나기도 전에 엘리베이터 문이 열렸다. 밍추이는 기세등등하게 엘리베이터를 타고 떠나버렸다. 놀란 토끼눈이 된 안내 직원만을 남겨둔 채.

'이십 년이야. 이십 년, 이십 년이라고……. 샤오촨이 떠난 지 이십 년이 넘었어!'

밍추이는 해변을 따라 걸었다. 분노가 좀처럼 누그러지지 않았다. 파도가 밀려와 밍추이의 발꿈치를 덮쳤다가 다시 쓸려가고, 또다시 밀려와 발끝을 덮쳤다. 파도가 멈추지 않고 계속 이어졌다. 샤오촨이 사무치게 그리웠다. 파도를 닮은 아이 샤오촨이 영문도 모르는 죽음을 향해 힘껏 달려드는 환영이 눈앞을 스쳤다. 그 아이는 이이누마 이사오가 아니었고, 죽음이 그 아이의 이상도 아니었다. 그런데도 그 아이는 죽고 말았다.

갈매기가 수면 위를 스치듯 날아갔다. 샤오촨은 세상에 그런 새가 있다는 걸 알지 못했다. 갈매기라는 새가 있다는 것을 알 기회조차 없었다. 샤오촨이 갈매기를 보았더라면 아마 손가락으로 가리키며 "와! 비둘기다!"라고 외쳤을 것이었다. 왈칵 울음이 북받쳤다. 그 아이가 잘 자라 장성할 수 없도록 만든 그 모든 것이 증오스러웠다.

1990년대 초반의 어느 해 초가을, 망허는 러시아로 떠났다. 기차를 타고 시베리아를 횡단해 모스크바에서 내렸다. 러시아 땅에 발을 내딛는 순간, 러시아의 혁명 시인 세르게이 예세닌의 시 한 구절이 뇌리를 스쳤다.

'내가 태어난 낡은 집과 작별을 고했노라. 하늘이 푸르른 러시아를 떠났노라……'

만감이 교차하고 벅찬 감격이 북받쳐 올랐다. 대륙횡단열차에서 내린 다른 중국인들과 마찬가지로 그 역시 돈을 벌어 성공하기 위해 그 땅에 온 것이었다. 더 이상 순례자나 시인의 신분이 아니라, 기회를 찾아서 이 광활한 땅에 온 것이었다.

러시아 땅을 밟는 순간 그는 더 이상 망허가 아니었다. 그의 본명 자오산밍〔趙善明〕이라는 이름을 되찾아 사용하고 있었다.

이건 그가 이 땅에 보내는 최소한의 존경의 표시였다.

극심한 고통의 터널을 빠져나오기 위해 선택한 길이었다. 예러우의 죽음 이후 곧바로 찾아온 건 변화였다. 사람들의 생활이 급격히 변화하고, 시대가 거대한 변화의 소용돌이 속으로 빨려들어갔다. 모든 변화가 급작스러웠다. 주변 동료들은 더 이상 시 쓰기를 포기했고, 어딜 가나 화두는 '사업'이었다. 수없이 많은 사람들이 돈벌이에 뛰어들었다. 시는 사람들에게 아무 가치도 없는 공허한 말장난으로 치부되었고, 심지어 거추장스럽고 난감한 것으로 천대받았다. 시가 상징하는 모든 것이 연기처럼 가뭇없이 사라져버렸다. 누구에게나 사업에 뛰어들 수밖에 없는 이유와 동기가 있듯이, 그의 전업에도 역시 뚜렷한 목적이 있었다. 스스로를 마비시켜 고통을 잊겠다는 것이었다.

예러우가 그리웠다. 절절한 그리움으로 숱한 밤을 하얗게 지새웠다.

자오산밍은 친구 둘과 함께 무역을 하기 위해 모스크바로 떠났다. 그리고 점점 자신이 사업에 천부적인 소질이 있다는 사실을 깨달았다. 그는 역시 타고난 시인이 아니었다. 자신에 대해 가졌던 근심 걱정들, 각박한 삶에 저항하지 못하고 무력해질까 봐 걱정했던 것이 괜한 노파심이었다는 것을 알았다. 마음 한편으로는 시를 배신한 자신을 자책하면서도, 또 다른 한편으로는 사업 확장에 대한 야심을 억누를 수가 없었다. 그리 오래지 않아 그들은 회사를 차렸다. 처음에는 아주 작은 규모였다. 동업자 세 사람 외에는 잡다한 일을 맡아 처리할 심부름 직원조차 없었다. 그들은 자조 섞인, 그러면서도 담대한 이름을 회사의 명칭으로 정했다. '삼총사'였다. 그건 그의 인생에 마지막 남은 낭만이었다.

빵도 생기고 우유도 생기리라.

몇 년 후, '삼총사'는 홍콩 증시에 성공적으로 상장되었고, 그로부터 몇 년 후에는 부동산 개발의 처녀지인 중국으로 당당히 금의환향했다.

자오산밍과 동업자들이 정말로 '삼총사'처럼 러시아를 누비던 시절, 어느 해 겨울 모스크바에 연일 눈이 내렸다. 온 세상을 꽁꽁 얼려버릴 듯 매서운 한파였다. 망허, 아니 자오산밍이 태어나서 지금까지 겪었던 그 어떤 추위보다도 더 혹독한 추위였다. 상상했던 것보다 몇 배는 더 추웠다.

구소련 시대의 소설 『눈 내리는 겨울』을 연상시켰다. 불현듯 슬픈 시름이 온몸을 덮쳤다. 그는 애써 마음을 다잡으며 스스로에게 경고했다. 사업가는 감상에 젖거나 애수에 잠겨서는 안 되는 거라고.

러시아의 겨울은 낮은 너무 짧고, 밤은 너무도 길었다. 이제야 비로소 러시아 작가들의 시와 소설에 안개처럼 깔려 있는 그 침울함의 근원을 이해할 수 있을 것 같았다. 하지만 이제 막 사업을 시작한 장사꾼이 살고 있는 러시아는 번잡하고 예측할 수 없으며, 활기차고 기회가 넘치는 곳이었다. 지구상에서 밤이 가장 긴 나라라는 별칭이 무색하게도, 그들에게는 잠잘 시간이 없었다. 삼총사는 장장 칠십이 시간 동안 눈 한번 붙이지 않고 일한 최고 기록을 가지고 있었다. 결국 꼬박 사흘 동안 밤새워 일하고 나흘째 되던 날 목욕을 하다가 욕조 안에서 잠들고 말았다.

자오산밍에게는 난생처음 이역만리에서 보내는 겨울이었지만, 향수 따위에 젖어 있을 시간이 없었다.

어느 날, 자오산밍이 혼자 고객과 상담을 했다. 제법 규모가 큰 거래였는데 아깝게도 성사되지 못했다. 지하철에서 내려 터벅터벅 무거운 발걸음으로 역 위로 올라왔을 때 눈은 그쳤지만 길 위에 두껍게 눈이 쌓여 있었다. 제설차도 닿

지 않는 후미진 거리였다. 한 노부인이 쌓인 눈을 헤치며 힘
겹게 길을 건너고 있었다. 휘청거리는 걸음이 무척이나 위
태로워 보였다. 별안간 고향에 대한 향수가 급류처럼 와락
밀려왔다. 그는 잠시 멍하니 서 있다가 얼른 정신을 차리고
달려가 노부인을 부축했다. 노부인이 고개를 들어 그를 쳐
다보았다. 낯설고 이국적인 얼굴이었지만, 미더운 손짓으로
그의 팔을 잡았다. 노부인의 손에는 곰 발바닥처럼 두툼한
장갑이 끼워져 있었다. 두 사람은 그렇게 손을 잡고 천천히
건널목을 건넜다. 맞은편 인도에 도착한 후에도 자오산밍은
노부인의 손을 놓지 않았고, 노부인도 자오산밍의 팔을 놓
지 않았다. 그들은 눈이 무릎까지 쌓인 모스크바의 이름 모
르는 거리를 그렇게 나란히 걸었다. 걸음을 옮길 때마다 바
각바각 눈 밟는 소리가 귓가를 간질였다. 사실 그가 가야 할
길과는 완전히 반대 방향이었다.

그리 멀리 가지 않아 노부인의 집에 도착했다.

자오산밍은 서툰 러시아어 실력으로 노부인의 말을 가까
스로 알아들을 수 있었다. 노부인은 길가에 있는 한 건물을
가리키며 그곳이 자신의 집이라고 했다. 그런데 노부인이
눈을 가늘게 뜨고 장난스럽게 웃더니 대뜸 그의 귀에 익은
언어로 말을 건네는 것이 아닌가.

"젊은이, 우리 집에서 차 한잔하고 가시겠수?"

그의 몸속에 흐르는 모국어, 바로 중국어였다. 자오산밍은 어안이 벙벙해서 자신의 귀를 의심했다.

"중국어를 할 줄 아세요?"

노부인이 대답 대신 활짝 미소 지었다.

"노인네의 초대라 응하기 싫은 거유?"

"아닙니다. 그럴 리가요!"

자오산밍도 따라 웃었다. 순간 그는 눈시울이 뜨뜻해지는 걸 느꼈다.

아주 오래된 건물이었다. 그의 안목으로는 어느 시대에 지은 건지 분간해낼 수가 없었다. 아마도 구러시아 시대에 지어졌을 거라고 짐작만 하는 정도였다. 엘리베이터는 없지만 계단이 매우 넓었고, 올리브 가지 모양으로 정교하게 제작된 쇠 난간이 드문드문 박혀 있었다. 로비가 넓지는 않지만 높은 아치형 천장을 이고 있어 우아한 격조가 느껴졌다. 노부인의 집은 이층에 있었다. 향이 좋지 않아 채광이 안 되는지 집 전체가 춥고 음습했다. 커다란 벽난로가 불씨 하나 없이 시커먼 동굴처럼 입만 떡 벌리고 있고, 가구도 건물과 마찬가지로 오래된 것들뿐이었다. 장중한 세월의 깊이와 화려한 몰락이 함께 느껴졌다. 가구들이 무슨 양식인지는 모

르지만, 켜켜이 더께 져 내린 손때와 군데군데 닳아 모지라
진 모습을 보면 누구라도 그 세월의 무게에 압도당할 것이
었다. 창밖에서 얼비쳐 들어온 희번한 설광(雪光)이 세월의
빛처럼 가구 위로 은은하게 비꼈다.

노부인이 히터를 켜고 외투를 벗으며 말했다.

"편히 앉아요, 젊은이. 찻물을 끓여올 테니 조금만 기다려
요."

자오산밍은 실크 천이 덮인 의자에 앉았다. 실크 천도 이
미 오래전에 색이 바랜 듯했다. 한때는 산뜻하고 화려했을
무늬도 원래 모습을 알아볼 수 없을 만큼 퇴색해 있었다. 그
의 시선이 노부인의 분주한 움직임을 줄곧 따라다녔다. 자
오산밍은 마침내 참았던 호기심을 내비쳤다.

"중국어를 유창하게 하시네요. 어디서 배우셨습니까?"

"중국에서 배웠지. 중국에서 십오 년간 살았다우."

"맙소사, 어쩐지!"

자오산밍은 놀라움을 감추지 못했다.

찻물이 준비되고 두 사람은 탁자에 마주 앉았다. 김이 모
락모락 피어오르는 홍차에 뜨겁게 데운 우유를 섞어 고루
저었다. 차 향기와 우유 향이 섞여 집 안이 갑자기 훈훈해진
느낌이었다.

"이게 바로 정산소종(正山小種)이라우. 홍차 중에 최고 품
종이지."

노부인이 찻잔을 받쳐 들고 그를 향해 따스한 미소를 지
었다. 노인의 손은 관절염으로 심각하게 변형되어 있었다.
'정산소종', 차에 대해 문외한인 그에게는 처음 듣는 이름이
었다.

그는 노부인이 왜 길에서 만난 낯선 이를 집으로 데려와
차를 대접하는지 이유가 궁금했다. 과연 이야기 하나가 그
를 기다리고 있었다. 노부인이 뜨거운 차를 홀짝이며 천천
히 이야기를 시작했다. 오랫동안 중국어를 사용할 기회가
없었던 탓에 더듬거리기도 하고 가끔은 성조(聲調)가 불안
정하게 흔들리기도 했지만 그런 건 아무런 문제도 되지 않
았다. 중국과 소련이 밀월 관계에 있던 1950년대 초반, 젊
은 중국인 기술자 한 사람이 기술 훈련을 받기 위해 모스크
바에 왔다. 중국인 청년의 러시아 이름은 알료샤였고, 대학
을 갓 졸업한 한 아가씨가 그의 러시아 생활을 도와줄 비서
로 배치되었다. 이 년 후 알료샤가 귀국할 때 비서 아가씨도
동행했다. 그는 이미 알료샤의 아내가 되어 있었다.

"알료샤는 참 잘생겼었어요. 눈동자가 맑고 노래 부르는
걸 좋아했지."

노부인의 시선이 찻잔 너머 창밖으로 보이는 은백색 눈으로 옮겨갔다. 그게 아마 그녀가 청년을 사랑하게 된 이유였을 것이다. 그렇게 단순한 이유가 한 여인으로 하여금 고향을 등지고 이역만리로 떠나게 만들었던 것이다. 그러나 얼마 지나지 않아 중국과 소련의 관계가 악화되고, 중소 국경에서 전투가 벌어지자 두 사람의 상황이 매우 힘들어졌다. 알료샤는 그녀에게 차라리 이혼하고 아이들을 데리고 소련으로 떠나라고 했고, 결국 그녀는 아이들만 데리고 고국으로 돌아오게 된 것이었다. 막내딸이 갓 세 살 되던 해였다.

"그래서 어떻게 됐죠?"

자오산밍은 그 슬프고도 낭만적인 비극의 결말이 몹시 궁금했다.

"내가 떠난 후 알료샤가 자살했다고 합디다."

노부인이 담담한 말투로 대답했다.

히터를 켰지만 이 음습한 방 안을 따뜻하게 덥히기에는 턱없이 부족했다. 창밖에서는 벌써 해가 지고 땅거미가 내려앉으려 하고 있었다. 러시아의 겨울 석양은 한 줄기 안타까운 탄식처럼 찰나에 지나갔다. 자오산밍은 불현듯 예러우가 떠올랐다. 아주 오래전 그녀와 함께 걸어 다니며 다른 사람들의 인생을 만나던 일이 눈앞을 스쳐 지나갔다……. 그는 말없이 노부인을 바라보았고, 노부인은 그를 향해 지긋이 미소 지었다.

그때 문이 열렸다.

"엄마, 왜 불도 안 켜고 있어요?"

집 안이 일순간에 환하게 밝아졌다. 그것은 전등의 불빛이기도 하고, 그녀에게서 나온 휘황한 광채이기도 했다. 그것이 나타샤와의 첫 만남이었다. 혼혈 아가씨 나타샤였다. 톨스토이의 『전쟁과 평화』에 등장하는 여주인공, 안드레이의 연인 나타샤와 이름이 같았다. 그녀는 무척 따뜻해 보이는 새빨간 오리털 외투를 입고 문 앞에 서 있었다. 오리털 외투는 한눈에도 '메이드 인 차이나'라는 것을 알 수 있었다. 집 안에 훈김이 돌고 한결 밝아졌다. 한참 지난 후까지도 자오산밍은 전혀 풍만해 보이지 않는 이 여인을 처음 보았을 때 왜 집 안이 갑자기 가득 찬 것처럼 느껴졌는지 궁금했다. 언제나 쾌활하고 주변을 유쾌하게 만드는 마력을 가진 여자였다. 그녀 곁에 있으면 꽃들도 환희의 노래를 부르며 탐스럽게 피어날 것 같았다.

낯선 손님을 보자마자 나타샤의 눈이 휘둥그레지고 살짝 말려 올라간 입꼬리에 환한 미소가 걸렸다.

"어머나! 이렇게 잘생긴 중국 청년을 어디서 데려온 거예요? 마술이라도 부린 거예요?”

나타샤가 러시아어로 환호성을 지르자, 노부인의 얼굴에 또 짓궂은 미소가 떠올랐다.

“아니. 길에서 주워왔지.”

노부인은 중국어로 대답했다.

그는 그제야 깨달았다. 춥고 눈보라 치는 이국의 거리에서 낯선 노부인을 보고 왜 갑자기 고향이 그리워졌는지. 그 모든 게 이 운명적인 만남, 자오산밍과 나타샤의 만남을 위한 것이었다. 이역만리 먼 땅에서 감당하기 힘든 그리움과 사투를 벌이던 자오산밍은 나타샤가 나타난 후에야 비로소 망허의 껍데기에서 벗어나 환골탈태했고, 정신적으로도 은은하고 섬세하고 가녀린 꽃 예러우와 작별할 수 있었다.

나타샤는 ‘삼총사’의 첫번째 직원이 되었고, 머지않아 자오산밍의 아내가 되었다.

3. 한 그루 나무와의 만남

어찌 된 일인지 몰라도 밍추이가 남긴 말이 정말로 그 회사의 가장 고위층까지 전해졌다. 물론 여러 단계를 거쳐야 했기 때문에 사장에게 전해졌을 때에는 이미 가을로 접어든 계절이었다.

그 말을 전해 들은 자오산밍은 깜짝 놀랐다. 도대체 누구일까? 누가 그토록 이 자오산밍을 증오하는 걸까? 도대체 이유가 뭘까? 기존 민가를 철거할 때 원한을 품은 사람일까? 부하 직원을 시켜 최근 몇 년 사이 철거에 관한 자료들을 모두 조사했다. 하지만 일을 무리하게 진행하다가 소란을 일으키거나 분쟁이 발생한 적은 없었다.

살면서 마주치는 사소한 일들에 대해 길게 연연하지 않는 그였지만, 이번에는 조금 달랐다. 이 세상에 자신을 뼛속까지 사무치게 증오하고 저주하는 사람이 있다니. 게다가 자신은 그 이유가 뭔지 전혀 감도 잡을 수 없다니. 이런 생각이 들자 등골이 서늘해지고 온몸에 소름이 돋았다. 그 여인이 사는 목표가 바로 자신에 대한 복수일 것만 같았다. 물론 그는 자신의 신변 안전에 대해서는 크게 걱정하지 않았지만, 예리한 가시 하나가 자기 인생 속으로 깊숙이 뚫고 들어왔다는 사실이 그를 불안하게 했다.

또 회사 전체의 이미지도 생각하지 않을 수 없었다.

자오산밍은 당사자를 직접 만나보기로 했다.

예상대로 당사자를 만나는 건 전혀 어렵지 않았다. 모델하우스를 구경하러 온 사람들에게 주소와 전화번호를 받아두었기 때문이었다. 그는 비서를 통해 판밍추이라는 여인에게 연락을 취했다. 처음에는 만나지 않겠다고 거절했지만, 날마다 전화해 간곡히 설득하는 비서의 정성이 가상했는지 판밍추이도 생각을 바꿨다.

자오산밍이 판밍추이가 사는 도시로 비행기를 타고 날아갔다.

만남은 '뤼두차탕〔津渡茶堂〕'이라는 찻집에서 이루어졌다.

비서는 미리 단독 룸을 예약해두었다. 비서가 고심 끝에 엄선한 장소였다. 반감이 들 만큼 화려하지 않으면서도 고상하고 점잖은 분위기의 찻집이었다. 손님에게 존중받고 있다는 느낌을 주기 위해 각별히 신경 쓴 흔적이 역력했다. 자오산밍은 약속 시간보다 훨씬 전부터 먼저 가서 기다렸다. 보여주기 위한 것이 아니라 그녀가 남긴 말로 인해 정말로 심각하게 고민하고 근심했기 때문이었다. 잿빛 하늘과 시멘트 건물들이 한 덩어리로 엉켜 도시 전체가 암울한 회색빛이었지만, 길 양편에 늘어선 오래된 가로수에서 그 도시가 지나온 장구한 세월을 짐작할 수 있었다. 노르스레한 기운이 감도는 은행잎에서 초가을 정취가 묻어났다.

밍추이가 도착하자 웨이터는 그녀를 오래전부터 기다리고 있는 손님에게로 안내했다.

문이 열리자 자오산밍이 몸을 일으켰다. 웨이터 뒤로 한 중년 부인이 모습을 드러냈다. 아니, 오십대 초중반으로 보이는 초로의 부인이었다. 나잇살이 붙었는지 몸매는 두루뭉술했지만, 피부는 잘 관리한 듯 잡티 없이 매끄러웠다. 그런데 아무리 기억을 되짚어보아도 전혀 모르는 낯선 얼굴이었다. 그런 여인과 다투거나 원한을 산 기억이 없었다. 여인의 얼굴은 붕대로 칭칭 감은 듯 굳어 있었다. 방금 주름살

제거 수술이라도 하고 온 사람처럼 얼굴에 그 어떤 표정도
나타나지 않았다. 악수를 청할까 잠시 망설였지만 역시 그
러지 않는 편이 나을 것 같아 내밀려던 손을 거두었다. 웨이
터가 의자를 빼주자 손님이 자리에 앉았다.

자오산밍이 조심스럽게 물었다.

"무슨 차를 드시겠습니까?"

여자가 고개를 저었다.

무슨 의미인지 알아듣지 못했지만 되묻기가 불편해 자기
마음대로 보이차를 주문했다.

룸 안에 두 사람만 남게 되자 밍추이가 비로소 입을 열었
다.

"사실 사장님을 만날 이유도 없고, 사장님을 미워할 이유
도 없어요. 그런데도 사장님이 말할 수 없이 밉고 원망스러
워요."

여자는 점점 더 알아들을 수 없는 말만 했다.

"왜죠? 왜 절 미워하시는 겁니까?"

밍추이는 그의 얼굴을 투시하려는 듯 뚫어져라 응시했다.
그래도 처음보다는 한결 너누룩해진 눈빛이었다. 밍추이가
대뜸 한숨을 내쉬더니 가방에서 뭔가를 꺼냈다. 편지였다.
오래된 편지인 듯 겉봉이 누렇게 바래 있었다. 밍추이는 그

걸 자오산밍 앞으로 내밀었다.

"이걸 읽어보세요."

자오산밍이 의심스러운 눈초리로 편지를 집어 들었다. 봉투 위에 '샤오촨에게'라고 쓰여 있었다. 잉크색이 바랜 지한참 된 글씨였다. 요즘은 찾아보기도 힘든 만년필로 쓰여 있었다. 글씨체가 단정하고 부드러운 걸 보니 여자의 필체인 듯했다.

밍추이가 말했다.

"편지를 읽어보세요⋯⋯."

자오산밍이 봉투 안에서 편지를 꺼내 펼쳤다.

한 어머니가 아들에게 쓴 편지였다.

잠시 후 자오산밍이 놀라움에 하얗게 질린 얼굴을 들어올렸다.

"이게⋯⋯ 이게 어떻게 된 일이죠? 난 이런 여자를 모릅니다!"

그의 목소리가 가늘게 떨리고 있었다. 자오산밍은 당혹감과 함께 뭐라 말할 수 없는 충격에 빠졌다.

밍추이가 그를 똑바로 응시했다.

"담배 있으세요?"

자오산밍은 떨리는 손으로 주머니에서 카멜 담배 한 갑을 꺼냈다.

"이것밖에 없는데 괜찮으시겠습니까?"

카멜 담배를 보고 밍추이는 내심 놀랐다. 돈 많은 사장이 미국 노동자들이 피우는 값싼 담배를 피운다는 사실이 몹시 의외였다. 밍추이는 태연한 척 고개를 끄덕였다.

"한 개비만 주세요."

굉장히 맵고 독한 담배라는 걸 그녀도 알고 있었다.

모던 클래식풍으로 고상하게 꾸며진 다실 안에 갑자기 코를 자극하는 맵싸한 담배 연기가 짙게 깔렸다.

밍추이는 담배 연기 뒤로 몸을 숨긴 채 그 편지의 비밀을 찬찬히 털어놓았다. 천상의 이야기, 그 시절의 이야기, 그리고 샤오촨의 이야기까지……. 이토록 오랜 세월이 지났는데도 그 모든 것이 마치 어제의 일처럼 또렷했다. 밍추이는 아주 차분하고 조용하게, 처음부터 끝까지 같은 억양으로 담담하게 이야기했다. 찻물은 서서히 식어가고, 재떨이 속에는 담배꽁초가 두 개, 네 개…… 점점 쌓여갔다. 밍추이는 꿈을 꾸고 있는 것 같았다. 앞에 앉은 사람에게 모든 이야기를 다 털어놓을 수 있을 것 같았다. 세상은 역시 인정 많고 너그러운 곳이었다. 밍추이의 눈 속에 뜨거운 눈물이 서서히 차올랐다.

"샤오촨이 죽은 뒤 천샹은 눈물을 단 한 방울도 흘리지 않았어요. 샤오촨에게 계속해서 편지만 썼죠. 편지를 쓴 다음 불태워버렸어요. 쓰고, 태우고, 쓰고, 태우길 반복했죠……. 천샹이 편지에 뭐라고 썼는지는 아무도 몰라요. 천샹은 그렇게 낮이고 밤이고 물 한 모금 입에 대지 않고 편지를 쓰고 태우기만 했어요. 그러다 천샹마저 어떻게 될까 봐 무섭더군요. 글도 모르는 샤오촨이 어떻게 편지를 읽겠느냐고 헛수고하지 말라고 타일렀지만 소용없었죠. 나중엔 하도 답답해서 '샤오촨은 편지를 읽을 수 없다니까!'라고 소리를 질렀어요. 그런데 천샹이 내 말에 퍼뜩 정신이 들었는지 날 향해 미친 듯이 울부짖다가 정신을 잃고 쓰러지더군요……. 이러니 제가 사장님을 미워하지 않을 수 있겠어요?"

밍추이는 더 이상 말을 잇지 못하고 힘없이 자오산밍을 쳐다보았다.

'그런 일이 있었군.'

자오산밍은 속으로 생각했다. 도대체 어떤 여자일까? 자신은 아무것도 모르고 있는 사이, 자신으로 인해 한 여자의 일생이 완전히 뒤바뀐 것이었다. 그는 다시 편지를 펼쳐들고, 처음과는 사뭇 다른 감동과 비장함을 느끼며 자세히 읽어내려갔다. 편지는 이런 말로 끝을 맺고 있었다.

'언젠가 단풍이 지는 계절에 들판의 큰길을 걷다가 금방 세수를 마친 듯 청신한 하늘 아래 황금빛 수양버들이 한들거리고 샛노란 은행잎이 팔락이며 네 발등으로 내려와 앉는다면, 넌 그 순진무구하고 눈부신 아름다움에 깊이 매료되겠지. 그리고 어떤 사람들은 왜 평생토록 그런 순수한 길만 걷고 싶어 하는지 이해할 수 있을 거야. 바로 네 생부처럼 말이지.'

눈시울이 뜨거워지고 콧잔등이 시큰해졌다. 비록 여러 가지 이유 때문에 실현되지는 못했지만, 그건 그의 젊은 시절 이상이자, 한때 동경했던 삶이었다. 그는 편지 속에서 또 다른 자신과 만나고 있는 듯한 착각에 빠졌다.

자신을 알아주는 사람, 자신을 알아주는 여인이 그 속에 있었다.

"천샹이라는 분이 지금 어디에 계십니까?"

자오산밍이 한참 만에 고개를 들어 묻자, 밍추이가 픽 웃었다. 비아냥 섞인 웃음이었다.

"내가 왜 그걸 가르쳐줘야 하죠? 당신은 누구신가요? 자오 사장님, 아니 자오 대표님?"

4. 어진 사람은 산을 좋아하네

북방의 한 산간 지역에 소학교가 새로 문을 열었다. 외부인의 발길이 거의 닿지 않는 외지고 궁벽한 산촌이었다. 예전에는 산허리를 휘감으며 굽이굽이 이어진 오솔길이 산 아래로 통하는 유일한 길이었고 다니는 버스도 없었지만, 매끈한 포장도로가 생기고 나자 젊은이들이 하나둘씩 그 길을 따라 바깥세상으로 떠나버리고 마을에는 이제 아이와 노인들만 남아 있었다.

이 소학교는 한 건설 회사의 후원으로 지어졌다. 튼튼하고 아이들의 눈높이에 맞춰 아기자기하게 꾸며졌다. 콘크리트 구조물 위에 현지에서 흔히 구할 수 있는 응회암을 붙여

뒤로 펼쳐진 산과 청신한 하늘빛, 그리고 마을의 민가들과도 잘 섞여 어우러졌다. 교실 건물 외에 학생과 교직원들의 숙소도 함께 지어졌다. 학교가 완공되던 날, 마을 주민들은 물론 언론사 기자와 후원사 사장까지 참석해 성대한 분위기 속에서 낙성식이 열렸다. 테이프 커팅식이 끝나고 귀빈들이 모두 돌아갔지만, 후원사 사장만은 돌아가지 않고 한 가지 부탁을 했다. 이 마을에서 하룻밤 묵어가겠다는 것이었다. 이곳 공기가 마음에 든다는 것이 그 이유였다.

그렇게 해서 그는 이 마을의 하룻밤 길손이 되었다.

가을 이맘때가 산촌에서 가장 아름다운 계절이었다. 활엽수든 침엽수든 너나 할 것 없이 울긋불긋한 옷으로 갈아입었다. 사방을 둘러보면 숲이 연한 노랑에서부터, 짙은 노랑, 주황, 새빨갛게 붉은색까지 층층이 펼쳐져 마치 산 전체가 불꽃이 되어 활활 타오르는 듯한 착각을 일으켰다. 이름 모를 들풀에도 영롱한 빛깔의 마노처럼 작은 열매가 조롱조롱 매달리고, 미풍이 살랑 불어오면 공기 중으로 은은한 향내가 번졌다.

“정말 아름답군요!”

사장이 구릉 앞에 서서 자기도 모르게 감탄사를 연발했다.

소학교의 여교장이 곁에서 사장을 안내하고 있었다. 그녀는 타지에서 온 손님들의 감탄에 이미 익숙한 듯 조용히 미소만 지었다. 그녀는 지금 오늘 밤 이 귀빈의 거처를 어디에 마련해야 할 것인가 하는 좀더 현실적인 일들을 골똘히 생각하고 있었다. 새로 지은 학생과 교직원 기숙사는 아직 입주를 시작하지 않아 내부가 텅 비어 있었다.

그녀가 한참 만에 입을 열었다.

"이 마을에 갓 결혼한 신혼부부가 있는데 결혼하자마자 돈을 벌러 타지로 떠나는 바람에 신혼집이 비어 있답니다. 새로 만든 토굴이라 깨끗할 거예요. 오늘 밤 그곳에서 주무시는 게 좋겠어요. 사람을 시켜 청소해놓으라고 할게요."

후원사 사장 자오산밍이 펄쩍 뛰며 사양했다.

"민폐를 끼치긴 싫습니다. 학생 기숙사에 돗자리 하나만 깔아주세요. 학생들이 입주하기 전에 미리 집들이하는 셈 치죠."

이번에는 여교장이 손사래를 쳤다.

"그럴 순 없어요. 산이 깊어서 요즘 같은 가을엔 해가 저물고 나면 몹시 춥답니다. 그럼 이렇게 하죠. 학교에 비어 있는 토굴이 몇 칸 있어요. 도시에서 자원봉사자들이 오면 숙소로 사용하려고 마련해놓은 건데, 괜찮으시다면 거길 청소하고 구들에 군불을 때놓으라고 할게요.”

“알겠습니다. 그렇게 하죠. 번거롭게 해드려 죄송합니다. 아, 그리고 미리 말씀드리지만 저녁식사는 신경 쓰실 거 없습니다. 평소에 드시던 대로 젓가락만 하나 더 놓으시면 됩니다. 교장 선생님……”

자오산밍이 싱긋 미소 지으며 말을 이었다.

“시쳇말로 전 그렇게 어깨에 힘주는 사람이 아닙니다.”

여교장이 유쾌한 웃음을 터뜨렸다.

해거름 녘 발그레한 노을이 산촌에 스며들었다. 새들 지저귀는 소리가 더 크게 들리고, 이른 저녁밥을 먹고 나온 아이들이 공터에서 신나게 뛰어놀았다. 부모들은 모두 돈을 벌기 위해 먼 도시로 떠나고 이제는 학교가 그 아이들의 집이었다.

주방이 임시로 식당으로 개조되었다. 테이블 두 개를 붙여놓고 손베틀로 직접 짠 무명천을 그 위에 덮었다. 식탁 가운데에는 붉은 열매가 달린 들풀을 꺾어다가 유리잔에 꽂아놓아 분위기를 살렸다. 황금색이 도는 좁쌀죽에 잘 익은 옥수수와 호박, 파를 넣고 볶은 감자, 산닭이 갓 낳은 달걀로 만든 달걀부침이 저녁상에 소담하게 올라왔다. 이곳에서 흔히 구할 수 있는 재료들로 만든 지극히 평범한 음식들이었지만 정성과 성의만큼은 일류 호텔 정찬 요리가 부럽지 않았다. 누구라도 이 식탁에 앉으면 감동하지 않을 수 없을 것이었다.

"교장 선생님, 감사합니다."

"별말씀을요. 감사해야 할 건 오히려 접니다……. 이렇게 좋은 학교를 지어주셨잖아요. 수십 리 밖에 사는 아이들까지 모두 혜택을 받을 수 있게 되었어요. 진심으로 감사드립니다."

여교장이 자오산밍과 자신의 술잔에 술을 가득 따랐다. 현지에서 직접 빚은 바이주였다.

"한 잔 드세요."

여교장이 단숨에 술잔을 비우고, 손님도 술잔을 시원하게 입에 털어 넣었다.

자오산밍이 술기운을 빌려 사적인 질문을 던졌다.

"교장 선생님도 원래는 이곳에 자원봉사를 하러 오셨었다고 들었습니다. 그런데 왜 돌아가지 않고 정착하셨나요?"

"여기가 좋고, 이곳 아이들이 좋아서죠."

"오, 그래요?"

"그렇답니다."

여교장이 자오산밍의 눈을 바라보았다.

두 사람의 시선이 마주치고 한동안 서로를 응시했다. 자오산밍이 먼저 미소를 지으며 침묵을 깼다.

"어진 이는 산을 좋아하고, 지혜로운 이는 물을 좋아한다고 했죠. 선생님은 어진 분이신가 봅니다."

"제가 보기에 사장님은 물을 좋아하실 것 같군요. 그런가요?"

여교장도 웃으며 술잔을 들었다.

"지혜로운 사장님, 한 잔 더 하세요."

두 사람이 두번째 술잔을 비웠다.

자오산밍은 술잔을 내려놓고 여교장을 물끄러미 바라보다가 입을 열었다.

"제가 예전에는 시인이었답니다."

여교장의 얼굴에 조용한 미소가 떠올랐다.

"그러시군요. 저도 예전엔 시를 좋아했었죠."

"그런데 전 시인이었지만, 한 번도 시를 사랑한 적이 없었던 것 같습니다."

"왜 그렇게 생각하시죠?"

"사실 시는 참 잔인한 거니까요. 안 그렇습니까?"

그가 의미심장한 눈길로 그녀를 바라보았다.

"제게 물으시는 건가요?"

“네.”

그녀가 또 고요하게 웃었다.

“원래 아름다운 것들은 모두 잔인하죠.”

그때 누군가 문밖에서 부르는 소리가 들렸다.

“사장님! 사장님!”

문에 걸린 발의 들춰진 틈새로 두 남자가 차례로 들어왔다. 이 마을의 촌장과 서기였다. 술자리를 마련해놓고 손님을 데리러 온 것이었다.

“사장님, 가세요. 술상이 준비되어 있습니다. 다들 기다리고 있어요. 산골이라 근사한 요리는 없지만 그렇다고 손님 대접이 소홀할 순 없죠! 안 가시면 촌사람들이라고 무시하시는 걸로 알겠습니다!”

두 사람이 팔을 잡아끄는 통에 버틸 재간이 없었다. 바람이 낙엽을 싣고 휙 날아가듯 두 사람은 자오산밍을 데리고 가버렸다.

그림 같은 저녁상 옆에 여주인 혼자만 동그마니 남았다.

밤이 깊어서야 몇 사람이 자오산밍을 학교로 데려왔다. 그는 인사불성으로 취해 몸도 가누지 못했다. 그의 운전수가 그를 부축하다가 나중에는 아예 둘러엎고 이리 비틀 저리 비틀 하며 간신히 안으로 데리고 들어갔다. 여교장은 아직 잠자리에 들지 않고 기다리고 있었다. 임시로 개조한 '손님방'에 불이 환히 켜 있고 구들이 따뜻하게 데워져 있었다. 보송보송한 이불에서 햇볕 냄새가 은은하게 풍겼다. 들에서 직접 따온 듯한 작은 열매들을 눈에 잘 띄는 곳에 올려놓아 토굴 안 분위기가 한결 부드럽게 느껴졌다. 사람들이 자오산밍을 부축해 구들 위에 눕히자 자오산밍의 입에서 어렴풋한 한마디가 새어 나왔다.

"난 취하지 않았습니다."

자오산밍은 자신을 데려온 사람들 뒤로 여주인의 얼굴을 발견하고는 그녀를 향해 안도의 미소를 지었다.

"제가 예전에 시인이었답니다."

말이 끝나기가 무섭게 욱— 하는 소리와 함께 그의 입에서 토사물이 쏟아져 나왔다.

이튿날 아침, 동쪽 하늘에서 여명이 움틀 무렵 자오산밍이 길을 나섰다. 산촌의 첫새벽에는 신비로운 고요함이 감돌았다. 산이 남모르는 고민에 잠긴 듯 희끄무레한 안개가 산허리께에서 떠다녔다. 언덕 위 나무들은 무거운 침묵 속에 가라앉아 있고, 새들의 지저귐이 하늘을 깨웠다. 학교 공터에 세워진 자오산밍의 벤츠 지프 옆으로 여교장과 학생들이 함께 나와 그를 배웅했다.

"죄송합니다. 어젯밤에 실례가 많았습니다."

여교장이 너그러운 미소를 지었다.

"한두 번 취해보지 않은 사람이 어디 있겠어요? 저도 그런 적이 있는걸요."

자오산밍은 깊은 눈으로 여교장을 바라보았다. 수만 마디 말이 가슴 벅차게 차올랐지만 한마디도 하지 않았다. 아니, 할 기회가 없었다. 그녀가 기회를 주지 않았다는 걸 그는 알고 있었다. 그녀의 차분하고 고요한 얼굴, 모든 고통을 다 겪은 듯한, 세상의 온갖 풍파를 다 지나온 듯한 그 얼굴이 그에게 기회를 주지 않은 것이었다. 그는 웃으며 그녀에게 손을 내밀었다. 가슴속에서 슬픔과 낙담이 교차했다.

"안녕히 계세요."

그녀가 그의 내민 손을 잡았다.

"안녕히 가세요."

자오산밍이 차 문을 열고, 여교장과 아이들에게 손을 흔들었다. 그런데 그 순간 아이들이 입 맞춰 뭔가를 낭송하기 시작했다. 새들의 노랫소리처럼 청초하고 천진한 목소리가 새벽 메아리를 만들어냈다.

"난 천지간에 버려진 고아일 것이다. 나의 부모는 황허일 것이다……."

순간 그의 몸이 얼어붙었다.

오랫동안 들어보지 못한, 하늘과 땅을 감동시키는 목소리였다. 천금보다 귀중한 선물이 그를 전율케 했다.

"내 어머니 날 낳으실 적 흘린 피가 황톳빛이리라. 그 누런 피가 지금까지 흐르고 흘러 고원에 흐르는 모든 물줄기의 근원이 되었으리라……."

그는 서둘러 그녀의 눈을 찾았다. 그녀의 눈썹 사이에서 눈물방울이 반짝였다. 새벽 여명처럼 함초롬하고, 저녁놀처럼 찬연히 빛나는 눈물이었다. 더 이상의 말이 필요치 않다는 걸 알았다. 뜨거운 눈물이 그의 두 볼을 타고 흘러내렸다. 그를 태운 차가 미끄러지듯 학교를 빠져나갔다. 그 순수했던 청춘을 황토 먼지 자욱한 산촌에 남겨두고. 천상에게 남겨두고…….

한 그루 나무와 만나다
― 장원과 고결한 정신

허샤오쥔

    장원은 정신성을 추구하는 작가다. 문학작품을 저수지에 비유한다면, 정신성은 작가가 쌓은 둑이라고 할 수 있다. 둑이 높을수록 저수지에 담을 수 있는 물의 양도 많아지는데, 이 물의 양이 바로 문학작품의 정신적 깊이가 된다. 문학계에서 뚜렷한 형체를 가진 형이하학적인 요소와 줄거리의 서술에 연연하는 경향이 나타나면서 요즘에는 아예 둑조차 가지지 못한 소설들이 많아졌다. 둑이 없는 소설은 언제든 범람할 수 있다. 이런 소설들은 시원하게 넘쳐흐르는 통쾌함을 줄 수는 있지만, 독자들의 정신을 머무르게 하고 심오한 뜻을 이해시키는 힘은 가질 수가 없다.

    장원은 이런 흐름을 거슬러 작품마다 정신적인 둑을 높다랗게 쌓아 올렸다. 그녀의 소설은 깊이를 가늠할 수 없는 호수와 같아서 독자들이 매번 그 심연 속으로 깊숙이 파고들어가 새로운 것들을 발견할 수 있다. 장원이 추구하는 것은 고결한 정신이다. 이런 고결함은 기나긴 세월 동안 인간 문명에 의해 갈고 닦여 형성된 것으로 그 귀중한 가치는 누구나 쉽게 얻을 수 있는 것이 아니다.

순간순간 빠르게 변화하는 오늘날에는 시간의 두께가 너무도 얇아져 정신마저 존재의 이유를 상실하고 말았다. 하지만 장원의 소설 속에 존재하는 시간은 천천히 음미할 수 있을 만큼 두텁다. 이것은 고결한 정신이 갖추어야 하는 기본적인 조건이다. 장원의 작품에는 시간의 두께를 느끼게 해주는 것들이 곳곳에 배치되어 있다. 담담한 서술, 엄격한 구조, 단련된 언어 등이 모여 시간의 느리고 두터운 흐름을 최대한 부각시킨다. 장원은 느린 사유를 통해 소설을 쓰는 작가라고 할 수 있다. 고전적인 정신을 추구하는 작가라면 아마 다들 느리고 깊게 사유하는 방식을 가지고 있을 것이다. 평론가들에 의해 "이 시대에는 흔히 볼 수 없는 '고전주의 정신'을 간직한 시인"이라고 평가받는 왕자신〔王家新〕도 이렇게 말했다. "'가속도'의 시대일수록 글을 천천히 써야 한다. 그래야만 소란스러운 시대와 '발맞춰 걷지' 않고, 시 자체의 온전하고 은밀한 영역으로 들어갈 수 있다." 문제의

중심이 바로 여기에 있다. 세상에는 느린 상태에서만 얻을
수 있는 것들이 있기 때문이다. 장원에게 있어서 '느림'이란
곧 깨끗이 씻어내는 과정이다. 이야기 속에 묻어 있는 세속
의 먼지를 깨끗이 씻어내는 것이다.

소설은 시와 달라서 문자라는 상아탑 속으로 완전히 몸을
숨길 수 있다. 소설은 이야기를 풀어나가야 하는 장르이기
때문에 자연히 형이하학적인 세속에서 벗어날 수가 없다.
그렇기 때문에 장원은 그 형이하학적인 것들 속에서 진정
한 정신을 골라내기 위해 씻고 또 씻는 과정을 반복하는 것
이다. 한 평론가는 '깨끗하다'라는 말로 장원의 소설을 평가
했다. 그녀의 언어는 "물로 몇 번이나 씻어낸 듯 말갛고 깨
끗하다"고 했다. 깨끗함이라는 말만큼 장원의 소설을 적절
히 표현할 수 있는 말은 없다. 여기서 깨끗함이라는 말에는
두 가지 의미가 담겨 있다. 하나는 그녀가 상당히 세련된 기
술로 언어를 갈고 다듬어 만들어낸다는 뜻이다.

그녀의 글에는 군더더기가 단 한 글자도 없다. 또 하나의
의미는 그녀가 언어를 통해 만들어내는 이미지가 깨끗하고
신성하며 고결하다는 것이다. 그래서 장원은 이야기를 서술
하면서도 시시콜콜하게 사소한 시비를 가리지 않고, 형이하
학적인 것을 뛰어넘어 고결한 중심 문제로 곧장 파고든다.

　장원이 속한 1950년대생 작가들은 현재 중국 문학계에서 가장 비중 있는 작가군 가운데 하나로 자리 잡았다. 하지만 1950년대생 작가들에게서 보이는 가장 흔한 한계가 바로 추상적인 정신세계를 논하는 데 있어서 서툴다는 점이다. 그들은 중국이 가장 혼란하고, 가장 욕망이 팽배했던 시기에 사춘기를 거치며 자아가 완성되었기 때문이다. 그래서 그들의 소설은 언제나 구체적인 시비를 가리는 일에 연연하는 경향을 보인다. 장원이 그 세대의 한계를 탈피할 수 있었던 것은 어려서부터 예술을 좋아하고 세속을 멀리했던 그녀의 성향 때문일 것이다. 장원의 소설 속 이미지에는 고귀하고 예술적인 것들이 기본 요소로 깔려 있는 경우가 많다. 『길 위의 시대』에서도 시인이 중요한 요소로 등장한다. 소설 속에서 시 때문에 근심하고 고뇌하는 예러우는 "평범한 일상에서 벗어나려는 건 시인의 본능이에요"라고 말한다.

　장원은 "'상실'이 내 소설의 주제이자 이미지이며…… 내 소설의 운명을 결정한다. 1980년대는 거대한 시대였고, 그 뒤를 이은 1990년대는 철저하게 물질과 욕망을 좇고, 이상과 도의, 낭만 같은 것들은 모조리 포기한 시대였다. 내 소설은 거대한 시대에든 욕망의 시대에든 어울려 융화되

지 못한다"고 말했다. 장원이 그토록 안타까워하는 '상실'
이 일상생활에서 고결하고 소중한 정신이 사라진 것을 의
미한다는 건 의심할 여지가 없다. 이런 현실을 예민하게 느
낀 것은 비단 장원만이 아니었다. '상실'은 이미 많은 작가
들의 작품 속에서 주제로 등장했다. 그러나 장원은 이 주제
를 표현하는 데 있어서도 자기만의 독특한 방식을 가지고
있다. 그녀는 그 '잃어버리는' 과정 속에서 고결하고 소중한
정신에서 발산되는 찬란한 광채에 주목한다. 장원에게 있어
서 '상실'은 고결한 정신을 표현하기에 매우 적합한 매개체
다. 그녀는 고결한 정신을 절박한 상황 속에 배치한다. 절박
한 상황에서는 사물의 본질이 더 분명하게 드러나기 때문
이다. 한 예로 '대선생(大先生)'이란 장원이 『사랑하는 나무』
에서 각별한 정을 쏟아 그려낸 군자의 이미지다. 대선생처
럼 온후한 성품을 가진 예의 바른 군자의 이미지 속에 전통
문화의 정수가 응집되어 있으며, 이런 이미지는 많은 작가
들의 작품 속에서 발견할 수 있다. 군자의 이미지를 가진 대
선생이 장원만의 독창적인 캐릭터는 아니다. 하지만 장원은
대선생을 절박한 상황에 놓음으로써 독자들에게 최고 극치
에 이른 군자의 기품을 보여준다. 소설 속에 등장하는 오래
된 회화나무는 사랑의 나무라기보다는 군자의 나무라고 하

는 편이 더 정확하다. 대선생은 메이차오〔梅巧〕를 진심으로
사랑했기 때문에 그녀를 재취로 들인 것이었다. 자유로운
사랑을 열망하는 메이차오는 시팡핑〔席方平〕과 함께 도망쳐
버리지만 대선생은 결코 그녀를 원망하지 않는다. 대선생의
사랑은 애정이란 두 글자로는 온전히 담아낼 수 없는 것이
었다. 그의 내면에 간직된 사랑은 세속의 사랑보다 훨씬 깊
고 넓었고, 그 속에서 군자의 기품과 사람 된 도리를 발견할
수 있다. 그런 사랑은 아마 요즘 사회에서는 이해받기 힘들
것이다.

　장원의 또 다른 중편소설인 「영웅의 피」에서는 ‘상실’이
라는 주제가 더욱 부각되어 있다. 이 소설은 중일전쟁을 배
경으로 한 원한과 복수의 이야기를 담고 있다. 장원은 복수
의 정당성을 부인하지 않고, 민족영웅에 대한 무한한 경의
를 표현하는 동시에, 그녀 자신도 영웅의 복수심 속으로 조
심스럽게 걸어 들어간다. 그리고 그 속에서 그녀는 인간은
강렬한 복수심에 사로잡히면 신앙에 대한 존중심을 상실하
게 된다는 사실을 발견했다. 역사가 원한과 복수를 원동력
으로 흘러왔지만, 복수를 정신적 신앙으로 삼고 그 신앙 속
에서 미래와 희망을 찾아내는 경우는 거의 없었다. 아마도
이것이 중국 현대사에서 풀지 못한 응어리일 것이다.

장원의 소설은 항상 '은밀하게 전개'된다. '은밀한 전개'
는 장원이 쓴 장편소설의 제목이기도 하다. 단어 자체의 의
미만을 따진다면 복잡한 생명의 전 과정이 은밀하게 완성
된다는 뜻이다. 그런데 이 말에는 충돌과 모순이 내포되어
있다. 생명이 피어나는 과정은 원래 활기차고 장렬한 것인
데 이것을 은밀하게 전개시킨다는 것이다. 이런 모순 때문
에 그녀의 소설은 불확실성으로 가득하다. 『길 위의 시대』
가 바로 이런 구조를 가지고 있다. 이 소설은 천샹과 예러우
두 여자에 대해 이야기하고 있다. 두 여자의 사랑은 모두 망
허라는 이름의 시인에 의해 시작되지만, 독자들은 이야기를
읽어내려갈수록 그 안에 뭔가 이상한 점이 있음을 발견하
게 된다. 두 여자가 만난 시인이 동일 인물이 아니라는 사실
이다. 한 사람은 진짜 망허이고, 다른 한 사람은 망허를 사
칭한 인물이었다. 천샹은 자신의 아이 저우샤오촨이 진짜
망허의 혈육이 아니라는 사실을 알고 정신적 붕괴를 경험
하게 된다. 그러나 진짜 망허와 행복한 사랑을 시작한 예러
우도 마찬가지로 비극을 겪게 된다. 자궁외임신으로 목숨을
잃고 만 것이다.

장원은 이 복잡한 이야기를 은밀하게 진행시키지만, 그
은밀함의 이면에서 드러난 것은 인간의 육체와 정신이 완

전무결하게 하나로 일치될 수 없다는 잔인한 현실이었다. 시는 아름다운 것이지만, 천상은 시를 사랑했기 때문에 비참한 정신적 충격을 받게 되고, 그 때문에 시는 잔인한 것이라는 사실을 인정하게 된다. 한편 망허는 정신적으로 절박한 상황에 처해서야 자신이 비록 시인이기는 했지만 진정으로 시를 사랑하지 않았다는 사실을 깨닫게 된다. 장원은 자신의 다른 작품들과 마찬가지로 이 소설에서도 생명의 존재에 대한 당혹감을 표현한다. 생명의 존재에 대한 당혹감, 이것이 바로 장원 소설의 중요한 내용이다. 이 소설에서 장원은 시의 정신과 생명의 존재, 생명의 의의를 나란히 놓고 사고하며, 우리에게 더 많은 것들을 일깨워주고자 한다.

　장원은 나무를 좋아하는 것 같다. 그래서 그녀의 문학적 이미지 속에는 언제나 여러 가지 나무들이 존재한다. 『사랑하는 나무』와 『상수리나무의 죄수』에서도 나무가 빠지지 않았고, 이 『길 위의 시대』에서 그녀가 보여준, 시적 감성이 풍부한 문학적 상상 역시 한 그루 나무와의 만남이다.

　언젠가 단풍이 지는 계절에 들판의 큰길을 걷다가 금방 세수를 마친 듯 청신한 하늘 아래 황금빛 수양버들이 한들거리고 샛노란 은행잎이 팔락이며 네 발등으로 내

려와 앉는다면, 넌 그 순진무구하고 눈부신 아름다움에 깊이 매료되겠지. (83쪽)

장원 자신이 바로 한 그루 나무다. 그녀는 대지에 우뚝 서서 흔들리지 않고 잘난 척하지 않는다. 그녀는 한 번도 소리 높여 외치거나 요란하게 떠든 적이 없다. 하지만 그녀가 발산한 초록빛이 눈꺼풀 안으로 투영되어 들어오는 순간 우리는 깨달았다. 고결한 정신이 충만한 생명력을 가지고 있다는 사실을.

허샤오쥔〔賀紹俊〕

문학평론가. 1983년 베이징 대학을 졸업하고 『문예보』 부편집장, 『소설선간』 주간을 역임한 후, 현재 선양사범대학 중국문화 및 문학연구소 부소장 겸 특별초빙교수로 재임 중이다. 주요 저서로는 『중국당대 문학도지』, 『작가 티에닝〔鐵凝〕』, 『문학비평학』(공저), 『에덴동산의 곤혹―문학 중의 에로스 묘사』(공저), 『티에닝 평전』, 『루쉰과 독서』, 『문화의 가시밭길에서』, 『거대서사의 재구축』, 『중국의 명절』 등이 있다. 중국 문학예술계연합회 전국이론평론 3등상, 베이징 문학예술계연합회 우수이론평론 2등상, '5개1 공정(伍個一工程)' 우수작품상, 빙신〔冰心〕 아동도서상 등을 수상한 바 있다.

몇 번의 순간을 기리며

자신의 소설을 해석한다는 건 내겐 언제나 힘든 일이다. 더군다나 나에 대해 전혀 모르는 한국 독자들에게 내 소설을 어떻게 설명해야 할까? 고민 끝에 어떻게 해서 이 소설을 쓰게 되었는지에 대해 이야기하기로 했다.

대략 이십오 년 전쯤인 1980년대 중반 무렵, 남편 리루이〔李銳〕와 함께 저우시커우의 경로를 따라 중국 북부 농촌으로 현지답사를 떠났다. 답사 도중 네이멍구와 산시〔山西〕 성의 경계에서 명나라 때 지어진 만리장성의 유명한 관문인 사후커우를 걸어서 지나게 되었는데, 그곳에서 주인 모르는 무덤들과 우연히 마주치게 되었다. 정확히 말하면 그곳은 네이멍구 성에 속한 '허우다탄〔後大灘〕'이라고 불리는 곳이었다. 무덤 속에는 이곳으로 이주해 척박한 땅을 일구고 사는 한 가족의 몇 대 조상이 깊이 잠들어 있었다. 비석도 없고, 그 어떤 표식도 없이 하늘과 땅 사이 그 광활하고 텅 빈 공간을 다섯 개의 무덤만이 덩그러니 지키고 있었다. 봄의 투명한 햇살이 무덤의 잔등에 부딪쳐 산산이 부서져 내렸다. 당당하면서도 쓸쓸하고, 찬란하면서도 황량한 광경이었다. 주인 모르는 그 무덤들 앞에 조용히 앉아 있노라니 고향에 대한 향수가 정오의 햇살과 함께 가슴속으로 울컥 밀려들어왔다. 문득 그 무덤들이 생명을 기리는 기념비인 것 같다는 생각이 들었다. 삶의 터전을 찾아 헤매다가 길 위에 쓰러진 모든 사람들의 넋을 기리는 기념비였다.

이십여 년 전, 의미심장했던 그 1980년대에 중국문단에 '심근문학(尋根文學)'의 물결이 밀어닥쳤다. 그 무렵 나 역시 일명 '뿌리찾기문학'의 매력에 심취해 한 번도 가본 적 없는 어머니의 고향에 홀로 찾아갔다. 푸뉴 산〔伏牛山〕의 깊고 울창한 골짜기 속에 살포시 깃들여 있는 마을이었다. 산자락을 따라 흘러내리는 이수이〔伊水〕가 한없이 맑고 투명했고, 기이하리만치 아름다운 풍광이 눈앞에 펼쳐졌다. 낡은 시외버스가 굽이굽이 이어진 산길을 따라 산의 깊은 품속으로 점점 파고들어갔다. 무슨 이유 때문인지는 기억나지 않지만, 버스가 갑자기 고장이 나서 한적한 산길 한가운데 멈춰 선 일이 있었다. 꼼짝도 하지 않는 낡은 버스 주위를 헤아릴 수 없이 많은 산봉우리와 골짜기들이 우두커니 선 채로 에워싸고 있었다. 울긋불긋 화려하면서도 고요한 가을 숲이 낡은 차를 품에 안고 있었다. 엔진 소리가 멈추자 갑자기 새들 지저귀는 소리가 하늘을 덮었다. 새 한 마리가 '왕—강, 왕—강' 울더니 뒤이어 수많은 새들이 모두 이렇게 처량하게 울어댔다.

'왕—강, 왕—강.'

훌쩍 떠나 돌아오지 않는 누군가를 부르는 것 같았다. 그건 우리 인간은 영원히 알 수 없는, 산이 남몰래 품은 비밀이었다. 나도 모르게 눈가가 축축하게 젖어왔다. 산의 신비로움과 기묘함, 그리고 그 장엄함과 아름다움을 향한 감탄이었을 것이다.

십여 년 전 중학생이던 내 딸이 갑자기 시에 매료되었다. 아이는 공부하다 잠깐씩 쉴 때 내가 옆에서 시를 읽어주는 걸 좋아했다. 그러던 어느 날, 아마도 겨울이었을 것이다. 딸과 함께 따뜻한 불빛 아래 딸의 침대에 나란히 누워 있으려니 문득 에세닌의 시가 떠올랐다.

내가 태어난 낡은 집과 이별했노라.

하늘 푸르른 러시아와 작별했노라……

그때부터 이 시구가 깊게 각인된 것처럼 머릿속을 떠나지
않았다. 그 구절이 왜 그토록 내 마음을 흔들었는지, 왜 내
마음을 저리게 했는지 알 수가 없었다. 그로부터 몇 년 후
딸이 타국으로 유학을 떠났다. 딸이 집을 떠나 있던 그 팔
년 동안, 깨어 있을 때든 꿈속에서든 또박또박 시를 읊던 딸
의 앳된 목소리가 귓가를 맴돌았다. 그건 환청이 아닌 운명
의 은밀한 속삭임이었을 것이다.

　2002년 가을, 중국의 작가와 시인, 영화감독, 시나리오작
가, 화가 등 여섯 명이 미국 아이오와 강기슭의 ‘디어파크’
라는 곳에 모였다. 가을은 그 작은 도시가 가장 아름다워지
는 계절이었다. 도시 곳곳의 나무들이 하루가 다르게 울긋
불긋 물들어 시처럼 그림처럼 아름다웠다. 우리는 거의 매
일 밤 디어파크에 모여 주인 녜화링〔聶華苓〕 선생이 준비한
차와 술을 마시며 이야기를 나누었다. 화제는 항상 진지하
고 엄숙했다. 1980년대로 돌아간 듯 우리의 영혼을 들여다
보고 시와 관련된 모든 것에 대한 존중을 표현했다. 이유는
모르겠지만, 우리는 그 머나먼 타향에서 시간을 거스르는
정신적인 여행 속으로 푹 빠져들었다. 우리는 매일 밤 열렬

하게 이야기를 나누었다. 밤이 깊도록 시간이 가는 줄도 모르고 이야기를 나누었고, 때로는 어스름한 여명이 밝아올 무렵에야 아쉬운 발걸음으로 각자의 숙소로 돌아오곤 했다. 우리는 밤그림자를 밟으며 아이오와 강변을 따라 걸었다. 우리 옆으로 어슴푸레한 달빛 아래 검은 강물이 잔잔히 흘렀다. 강은 흐르고 흘러 그 유명한 미시시피 강으로 흘러들어가고 있었다. 강바람이 불어와 두 볼을 살며시 스쳤다. 그럴 때면 난 바람에 실려 온 비릿한 물내음이 미시시피 강의 웅장하고 광대한 기운인 듯한 착각에 빠지곤 했다. 그곳이 아마 내가 태어나 지금까지 가보았던 곳 가운데 가장 먼 곳일 것이다.

이 소설은 내게 그 무엇보다 소중한 순간들, 시흥이 충만했던 순간들을 담아두기 위해 쓴 것이다. 물질이 최고의 가치가 되어가고 사람도 삶도 날로 각박해져가고 있는 시대이기에 난 그 감미로웠던 순간들을 이 작품 속에 담아두고 싶었다.

어쩌면 이 소설을 통해 나의 80년대에 경의를 표하려는 것일지도 모른다. 내게 있어서 그 시절은 시의 시대였다. 청춘, 자유, 낭만, 순수, 격정 등 모든 것이 신선하고 강렬했다. 기쁨이든 슬픔이든, 육신이든 영혼이든 그 어느 것 하나 불꽃처럼 뜨겁지 않은 것이 없었다. 그 시절은 또 현실과 동떨어진 환각 같은 시대이기도 했다. 그때는 현실이 우리와는 전혀 다른 세계에 격리되어 있는 것 같은 착각에 빠져 있었다.

한국 독자들이 이런 '80년대'를 이해할 수 있을지 잘 모르겠지만, 인간의 본성과 금기의 충돌, 청춘의 아름다움과 장렬함, 거짓말과 신뢰, 파멸과 고통, 생명의 비애, 자유에 대한 갈망 같은 것들은 세상 어디에나 똑같이 존재할 거라 믿는다. 세상이 하루가 다르게 급변하고, '시'가 상징하는 모든 것들이 우리에게서 사라져버린 지 이미 오래다. 그런데도 난 고집스럽게 세월을 거슬러 여행을 떠났다. 그렇게 해서 천샹이 생겨나고, 예러우가 생겨나고, 망허가 생겨난 것이다. 지금 나의 천샹과 예러우, 나의 망허와 라오저우, 그리고 생각만 해도 가슴 저리는 저우샤오촨이 중국의 황토 고원을 넘어 아름다운 한강 기슭으로 건너왔다. 그들이 또다시 긴 여정에 오른 것이다. 그들 앞에 어떤 운명이 펼쳐질지는 모르겠다. 하지만 어느 가을날 석양 무렵 금방 세수하고 나온 듯 말간 하늘 아래 강기슭이나 산골짜기, 또는 한적한 길가에서 샛노랗게 물든 은행나무나 다른 아름다운 나무가 문득 그들 앞에 나타나게 될 것이라고 믿는다. 그 순수하고 찬연하고 다정한 아름다움이 그들을 깊이 감동시키기를 기대한다.

일생을 길 위에서 방랑해야 하는 사람들이 있다면 그들은 바로 인류를 날아오르게 할 날개일 것이다.

친애하는 한국 독자들이 그들을 좋아할 수 있기를 바란다.

2010년 11월 타이위안〔太原〕에서
장원

강렬한 순수, 시의 시대

이 작품과의 만남은 '은밀한 비밀'과도 같았다. 중국에서 아직 출간도 되지 않은 책을 번역한다는 건 무척 특별한 떨림이자 설렘이었다. 특히 스스로를 중국문단의 '변방 작가'라고 칭하는 장원의 소설이라는 점에서 이번 번역 작업은 내게 '은밀함'으로 수식되기에 충분했다.

장원은 한마디로 화려하지 않은 작가다. 지난 육십여 년 동안 시대의 격변에 따라 중국문단에도 수많은 문학조류와 문파가 생겨나고 사라지기를 반복했지만, 그녀는 그 어디에도 속하지 않고 묵묵히 자신의 길을 걸었다. 그녀가 시류에 영합하지 않고 줄곧 집중한 것은 '사라져가는 아름다운 것들'이었다. 그래서 장원의 작품에는 언제나 상실과 방랑이 바탕에 깔려 있다.

시대의 소용돌이 속에서 뜨겁게 동요하고 치열하게 투쟁하던 중국 문단에도 최근 들어 조금씩 '상실'이 새로운 화두로 떠오르고 있다. 그녀의 작품이 새삼 조명받고 있는 것도 바로 그런 분위기에서 기인한다. 그녀에겐 변한 것이 없다. 시대의 물결이 흐르고 흘러 그녀가 오래전부터 추구하던 가치를 이제야 바로 보게 된 것일 뿐, 그녀는 줄곧 한길을 걸어왔다. 남들은 오로지 앞만 보고 지독하게 내달릴 때, 그녀는 그들의 발밑에 버려지고 짓밟혀 사라지는 것들을 어루만지려고 했다. 언제나 물질이 아닌 정신에 주목하고, 인간의 순수한 정신이 물질의 경박함에 매몰되는 현실을 안타깝게 바라보았다. 장원이 주류에서 떨어져 고집스럽게 지켜온 고결한 정신은 루쉰 문학상, 자오수리 문학상을 비롯한 중국의 권위 있는 문학상들을 수상하며 빛을 발하고 있다.

그저 시인이라고 이름 붙일 수 있는 이가 찾아왔다는 것만으로도 이 작은 도시에선 결코 작지 않은 사건이었다. (10쪽)

소설 속에 등장한 '작은 도시'는 작가가 그리워하는 1980

년대의 중국과 닮았다. 장원이 말하는 1980년대는 '시의 시대'였다. 어딜 가든 배낭 하나 걸머지고 방랑하는 젊은 시인 한 명쯤 마주칠 수 있을 정도로 낭만이 충만했고, 젊은이들은 시를 동경하고 순수한 영혼을 품고 있었다. 그렇기에 그들은 상대가 시인이라는 것만으로도 자신의 마음을 온전히 내어줄 수 있었다. 순수의 시대를 살아가는 많은 이들에게 시는 가슴 깊숙이 숨겨진 열정과 자유를 대변하는 울림이자, 현실에서 탈피한 저마다의 피난처였던 것이다.

작품에 등장하는 세 인물은 시의 시대가 만들어낸 초상이다. 시인의 순결한 정신을 사랑하는 천샹과 시가 가진 일탈을 두려워하면서도 진심으로 시를 갈망하는 예러우, 그리고 시를 쓰는 망허. 같은 시대를 살아가는 이들이 저마다 '시'를 짊어지고, 시를 매개로 서로 관계한다.

작가는 하루가 다르게 급변하는 세상에서 '시'가 상징하는 모든 것이 멀어져간다는 사실에 주목했다. 1990년대를 거치고 21세기로 들어서면서 물질의 치명적인 달콤함을 맛본 사람들은 철저하게 물질과 욕망을 좇기 시작했다. 낭만보다는 현실적 이익을 추구했고, 시를 읽고 쓰는 일은 미뤄두고 돈 버는 일에 관심을 가졌다. 사람들의 생활에서 이제 고결한 정신은 찾기조차 어려워졌다. 작가 장원은 그것을 소중한 것을 잃는 상실의 과정으로 보았다.

순수를 좇는 소설 속 인물들은 각각 다르게 정의되는 시대를 살아가며 저마다의 상실을 경험한다. 천샹은 잠깐의 만남으로 끝난 한 시인을 사랑하는 데 일생을 바치지만, 훗날 자신이 사랑해온 것의 실체를 알고 정신적 붕괴를 겪는다. 예러우는 망허와 방랑에 가까운 여행을 통해 순수의 근원에 가까이 가지만 뜻밖의 사건으로 육체를 잃고, 망허는 예러우를 잃음으로써 시를 통해 얻었던 마음의 풍요를 빼앗기고 절망한다. 망허에게 예러우는 순수 그 자체였다.

아이러니하게도 상실의 비극이 더할수록 순수한 정신은 빛이 난다. 모든 것이 변질되고 소멸할지라도 그 속에 변할 수 없는 본질이 있다는 사실은 시간이 흐를수록 분명해진다. 시대의 흐름 속에 붕괴하거나 함께 변화하는 세 인물의 모습은 순수한 사랑에 대한 애잔한 향수를 불러일으킨다.

원래 아름다운 것들은 모두 잔인하죠. (272쪽)

'시의 시대'에 살던 자신의 모습을 감추고 다른 인생을 살고 있던 천샹과 망허의 첫 만남은 잊고 있던 내면의 순수를 끄집어내는 과정이었다. 시를 사랑했기에 감당할 수 없는 충격을 받았던 천상과 정신적으로 절박한 상황에서, 자신이 시인이었지만 진정 시를 사랑하지는 않았다고 고백하는 망허. 둘은 아름다운 것의 잔인함에 대해 이야기한다.

천상은 생을 놓아버릴 정도의 내적 붕괴를 경험하지만, 다시금 순수를 추구하며 아름다운 것은 잔인하다는 사실을 그대로 받아들였고, 망허는 시를 사랑하지 않아서가 아니라, 아름다움의 잔인함 앞에 스스로 시를 놓아버렸다. 훗날 시를 포기하고 사업에 뛰어든 것 또한 스스로를 마비시켜 예러우를 잃은 고통을 잊기 위함이었다.

아름다운 것은 잔인하고, 그것을 인정하는 과정은 험난하다. 하지만 잔인함에 지쳐 아름다움을 포기해가는 길의 피안에는 변하지 않는 순수가 웅크리고 있다.

장원은 시를 매개로 한 세 사람의 관계를 한 편의 서정시처럼 은밀하게 풀어나갔다. 천상과 망허 두 사람 사이에 얽힌 비밀은 그들 자신도, 독자도 모르는 사이에 은밀히 전개되었고, 모든 비밀이 밝혀진 마지막 순간에도 두 주인공은 진실을 드러내 말하지 않고 가슴에 품었다. 아니, 그들에겐 굳이 어떤 말이 필요치 않았다. 시 한 편 속에 천 마디 말로도 못다 할 열정과 순수, 그 시대의 영혼과 정신이 담겨 있었으므로.

작가의 수수하지만 투박하지 않고, 쓸쓸하지만 무겁지 않은 필치와 현란한 수사가 없이도 독자의 공감을 끌어내는 필력에 찬사를 보낸다. 번역하는 동안 홀로 품고 있던 은밀한 비밀을 세상에 드러내게 된 지금, 이 작품을 처음 만났을 때만큼이나 설렌다. 독자들이 이 은밀한 비밀을 공유할 수 있길 바라 마지않는다.

2010년 11월
허유영

길 위의 시대

© 장원, 2010

초판 1쇄 인쇄일 | 2010년 12월 1일
초판 1쇄 발행일 | 2010년 12월 8일

지은이 | 장원
옮긴이 | 허유영
펴낸이 | 강병철
주　간 | 정은영
편　집 | 박소이
디자인 | 이연경
제　작 | 시명국 구본성
영　업 | 조광진
마케팅 | 박현경 유혜영 안나

펴낸곳 | 자음과모음
출판등록 | 2001년 5월 8일 제20-222호
주　소 | 121-753 서울시 마포구 동교동 165-1 미래프라자빌딩 7층
전　화 | 편집부 (02)324-2347, 총무부 (02)325-6047
팩　스 | 편집부 (02)324-2348, 총무부 (02)2654-7696
E-mail | munhak@jamobook.com
Home page | www.jamo21.net

ISBN 978-89-5707-537-1 (03820)